# 穿越夜宴謎城

圖◎25度
文◎王文華

## 楔子——

# 飛奔前往南唐夜市

太陽沒有從西邊升起，天空也沒有降下紅雨，但是可能小學五年愛班伍珊珊一反常態，鬧鐘還來不及響，她手一拍，關掉鬧鐘，就立刻跳下床，迅速著裝完畢想出門。

伍爸爸揉揉眼睛：「我是認錯女兒了，還是乾隆皇

帝回來了，你今天怎麼起得這麼早，跑得這麼快？」

對呀，她叫做伍珊珊，動作一向「珊珊」來遲，今天卻……

「國寶老爸，別擋著，我趕著去逛夜市。」

伍珊珊的爸爸在故宮當研究員，對國寶如數家珍，但對寶貝女兒的行為卻常常無法理解。

「逛夜市啊，那要快，你如果去晚了，你最愛的麻辣烏龍豆乾就賣完了。」

伍爸爸讓出路來，看著伍珊珊蹦蹦跳跳上學去，不過，等他用青花瓷碗吃完三碗白粥後，這個國寶老爹才想起來：

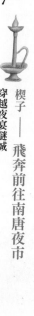

「等等，太陽剛起床，夜市還沒開啊！」

對啊，大白天怎麼會有夜市？

答案不奇怪，今天早上，可能小學的「南唐夜市」要開市囉。

可能小學在捷運動物園站的下一站。

動物園站已經是最後一站了，哪來的下一站？

嗯，這問題問得好，因為在可能小學裡沒有不可能的事啊，這是可能小學的校訓，也是每個孩子都知道的事。

要在白天讓孩子們逛夜市，也沒什麼困難的，只要把禮堂厚重的窗簾降下來，將午餐餐車變成攤車，再拉出一串黃黃的燈泡，立刻就有了夜市的感覺。

不過，難的是，他們要模仿出南唐時代的夜市。那個年代，離現在至少千年，為了仿真，挑高的天花板上出現了點點星光，那是自然科老師借來全天域投星機的傑作，隨著夜幕，星星慢慢閃爍移轉；一輪明月從東邊窗戶升起，二樓也傳來青蛙呱呱的叫聲，螢火蟲飛到孩子們身邊。

一千多年前還沒有空氣污染，城裡還能看見小動物，所以可能小學的夜市裡，得兒、得兒走來的，竟然是馬車。

「太酷了吧？」可能小學的孩子們喊著。

「想坐馬車遊夜市嗎？先去換了古裝再過來。」趕馬車的是校長，一旁梳了個高高髮髻的服裝攤老闆娘則是教學主任。

「南唐，在唐朝之後，在南京立國，他們的李煜李後主，是中國歷史上最會寫詞的詞人。」說故事的攤主，是六年級的學生，想聽小朋友說書，只要付三塊「可能幣」，就能坐在紅木方桌上聽說書；如果你再點一壺龍井茶，還送一盤花生，而送茶水與花生的——咦，竟然是語文科的老師們。

家政老師們把攤子擺成圓形，攤子上是南唐時期才有的食物：鱔魚包子在蒸籠裡飄香；一盅盅藥燉木瓜與荔枝蒸魚片；另

一邊有各式甜點：杏片、越梅、香糖果子任君挑選。遊戲攤前人潮多——數學與體育結合的射箭攤，想連中三元，除了技術，更要有絕佳的數學、物理運算能力；藝文領域的書畫攤提供小朋友現場學畫、現場賣畫，而且真的有畫作拍賣會喔，主持拍賣的是藝文老師。

南唐主題的夜市，有得吃，有得玩，每個攤位都結合了學習與服務，這麼棒的課程，只有在可能小學才能實現呢！

難怪，伍珊珊今天起得這麼早，就為了去逛這個白天的夜市。

# 目錄

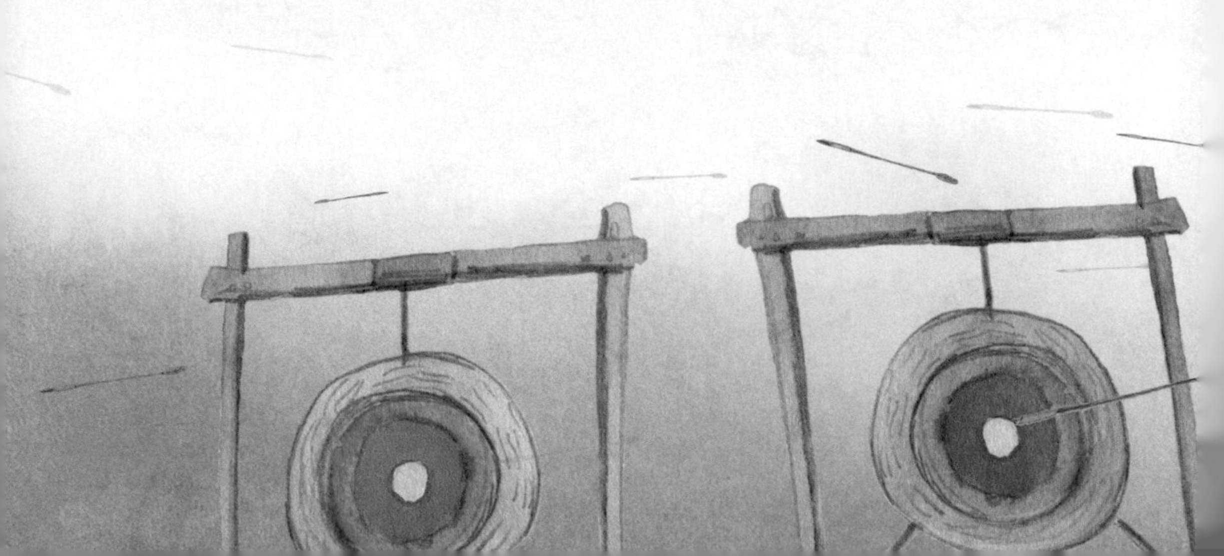

# 人物介紹

## 機關王

高高瘦瘦，髮型是小平頭，戴著金色G字項鍊，是可能小學超異全人科老師。設計機關的能力值100，實際執行能力不知道。不過這次他卻在夜市裡設了「穿越夜宴謎城」的密室逃脫，這是在惡搞嗎？

## 霍許

可能小學五年級最高的學生，長得濃眉大眼，五指修長，熱愛推理小說與幫忙找東西，校長的車鑰匙、導師的臉書密碼都是他找回來的，協尋紀錄只有一件找不出來——他的壓歲錢，或許他自己太會藏，才會藏到連自己都找不到。

## 伍珊珊

可能小學五年級學生，捲捲的頭髮，滿臉的雀斑，因為爸爸在故宮博物院當研究員，她把故宮當成安親班，一下課就在故宮裡研究國寶身上的花紋，國寶的知識滿分，但是要讓她繞操場走三圈，要從清晨等到黃昏。

## 管得到

頭大身體小，騎著比狗大不了多少的驢子去辦案，因為他是巡檢司排行第三十六的巡檢郎，出門沒有跟班，但是卻有緊急查案權，可以無限召喚跟班，辦案的熱情值25，但辦案的威風度破表。

## 顧閎中

南唐畫院裡的畫師，任何東西只要他看過一遍，回去立刻能畫成畫，而且仿真度達百分之九十九，難怪國主要他參加韓熙載宴會，祕密觀察，畫成圖像，雖然他素描能力99，保管圖畫卻只有能力60，因為那張圖不見啦……

## 葉露

南唐教坊裡的舞孃，個子高，四肢細，靜止不動時，就像夜鷺佇立。她的身上有香氣，任何人一聞就忘不了，更令人忘不了的是她的舞蹈，像水鳥在水面飛躍，只是她最近有個煩惱，晚上常常溜到教坊外，這事若傳出去，那可不得了。

## 德明法師

護法寺大法師，說話聲音好聽，禪房裡的茶點好吃，茶水好喝，但是和他在一起，做什麼事都要小心，腳底不能沾泥沙，吃糕點不能掉渣渣，否則，法師的眼睛會瞪得比茶杯大。

# 壹 最不可能的夜市攤位

南唐夜市有個攤位大排長龍。

「穿越夜宴謎城」——赫然又是機關王設計的密室逃脫活動。

在古代的夜市玩密室逃脫？這麼不可能的事，只有在可能小學才會出現。

發傳單的是超異全人科的老師——機關王，傳單上有十二個古代

樂師的畫像，每一格都有個古人的畫像。

「歡迎光臨穿越夜宴謎城」十個小字縮在傳單底下。

「這些人全都在〈韓熙載夜宴圖〉出現過。」伍珊珊輕易認出這些人物：「它的原圖在北京故宮。」

「什麼圖？」她的同學霍許問。

「〈韓熙載夜宴圖〉，是南唐大畫家顧閎中的畫。」伍珊珊說。

不管是北京還是臺北的故宮，伍珊珊都去過，有個研究故宮文物的國寶老爸，她從小就把兩個故宮當成自己家的書房。

「在夜市闖夜宴謎城，機關王，這是你惡搞的密室逃脫嗎？」霍許問。霍媽媽是檢察官，專門打擊犯罪，從小喜歡推理與偵探劇的霍許深受影響，希望長大能跟媽媽一樣。

「你們以為我設計的關卡有這麼容易看穿嗎？」機關王一問，那條長長的人龍同時發出一陣噓聲：「太簡單了，連校狗馬力精都能猜出來啊。」

「那還能怎麼辦？大家快進來啊，一次開放一百人，進了謎城，趕快找到線索逃脫。」

機關王說完話，他後面本來漆黑一片的牆壁，叮的一聲，亮了。

啊，那是一道發光布幕。

布幕上投射出〈韓熙載夜宴圖〉，還有搭配音樂，是絲竹管樂。那些人物做成了動畫，配上機關王事先錄製好的口白：「韓熙載，曾是南唐後

主最重視的宰相人選。傳說因為他來自北方的宋國，遭受李後主的懷疑，派出宮庭畫家顧閎中去畫韓熙載夜宴的情形，現在，緊緊抓好傳單，進入這幅畫裡，享受刺激有趣的穿越夜宴謎城之旅。」

「可是，宴會裡怎麼會有和尚？」霍許指著畫問。

伍珊珊聳聳肩，這幅畫她看過幾次，也對畫裡的和尚充滿了好奇心，至於夜宴裡怎麼會有和尚，連她的國寶老

爸都不知道。

燈光消逝，布幕向兩旁緩緩拉開，一道暗棕色的大門打開，小朋友發出驚喜的歡呼，衝進密室。

密室很大，三合板隔成一條條的通道。

跑著跑著，小朋友越跑越覺得懷疑，可能小學的禮堂怎麼好像沒有盡頭似的。

跑著跑著，燈光越來越暗，本來興奮與尖叫的孩子，現在慢慢的安靜了下來了。

東西南北，昏暗的光線讓人失去方向感，左左右右前前後後，叉路、叉路、又接一條叉路，他們很快就在這片謎城裡落了單，一個兩

個一組，摸索著前進。

每個轉角，都有驚奇。

好多轉角掛著字畫。

有個轉角出現撈金魚的攤子。

還有一排沒有彈珠的彈珠檯。

轉過一個彎，他們又看見賣糖葫蘆的小販。

「想吃糖葫蘆嗎？」小販的笑聲粗粗的，「可惜，這些糖葫蘆不能吃。」

霍許走得慢，他邊走邊記下看見的東西，他玩過太多密室逃脫，知道這裡每樣東西都有它的特殊含義，一個好的密室，總會把線索藏在看起來很普通的地方。

「走到盡頭了。」伍珊珊看看出口的大門，門邊毫無疑問的，出現一個四位數的密碼鎖。

「金魚、彈珠檯和糖葫蘆，這是代表諧音字的號碼？」伍珊珊嘴裡念念有辭：「金彈糖？魚珠蘆？霍許，它們跟數字好像沒關係。」

「有關係的在金魚攤。」霍許大步回到金魚攤，從金魚圍繞的透明箱裡，取出一個箱子，討厭的是，箱子上掛著一個鎖。

伍珊珊嘆口氣：「密碼鎖都搞不定了，又來一個鎖？」

「往好處想，搞不好，這是第一個線索。」

伍珊珊拉起掛鎖看一看，強力精鋼的大鎖：「去哪裡找鑰匙呢？」

「或許，要去第二個攤子找。」霍許走到那排彈珠檯——沒錯，彈珠檯面上，清楚的標示著「鑰匙在這裡」的字樣。

彈珠檯釘得緊緊的，根本打不開，想拿到鑰匙，必須撥彈珠，讓珠子落入那個特定的洞裡，伍珊珊瞪著彈珠檯：「不是我悲觀，我從進來到現在，沒看到任何一顆彈珠。」

霍許笑著說：「其實很明顯，你真的沒發現嗎？」

「明顯？」伍珊珊環顧四周，除了三合板通道，她找不到彈珠。

「請跟我來！」霍許大步走回糖葫蘆小販，拔了四串糖葫蘆。

「我的糖葫蘆不能吃。」小販笑著說，那陣笑聲，越聽越熟悉，原來是機關王裝扮的。

「這句話你剛才就說過了。」霍許說：「它們不能

吃，卻能拿來當彈珠撥。」

「撥彈珠，這個有趣，我也要看。」

機關王跟著他們回到彈珠檯，霍許把一顆糖葫蘆拔下來，哈，這個糖葫蘆中間有個洞，它原來應該是佛珠，這真難為機關王，為了設計這個機關，買了佛珠當糖葫蘆，現在又被用來當做彈珠。

那顆彈珠滾進「鑰匙在這裡」的洞裡。

「叮！」一把鑰匙，從獎品洞裡掉下來。

「厲害。」機關王稱讚他。

「還沒逃出去之前，都算不上厲害。」霍許用鑰匙打開

保險箱，一支手電筒端端正正擺在裡頭，他按下手電筒開關，紫色螢光，照得滿室紫燦燦。

「這能做什麼用啊？」伍珊珊問。

「我們進來時，入口廣播叫我們做什麼？」

「緊緊的抓好傳單，進入畫裡。」伍珊珊揚揚手裡的傳單，可惜，螢光手電筒一照，上頭的人物沒變色，吹簫的吹簫，打拍子的打拍子。

「我們再走一圈看看。」霍許拿著手電筒在前面帶路。

他們照一照金魚攤，小金魚在透明箱裡游。

照一照糖葫蘆，糖葫蘆變成一串黑黑的珠子。

照一照那些字畫……

咦——

有一幅書法作品，出現幾個不同顏色的字。

玉樓春　李煜

晚妝初了明肌雪，春殿嬪娥魚貫列。
鳳簫吹斷水雲間，重按霓裳歌遍徹。
臨風誰更飄香屑，醉拍闌干情味切。
歸時休放燭花紅，待踏馬蹄清夜月。

「是李後主的詞。」伍珊珊歡呼一聲，「穿越夜宴謎城，這跟李後主有關，有顏色的字是吹按拍蹄，吹按拍蹄，它們聽起來不像是諧音字。」

「什麼是吹按拍蹄呢？」霍許看看四周，通道轉角他們都找過了，穿越夜宴謎城，一定跟〈韓熙載夜宴圖〉有關。

「難道在走馬燈的布幕上？」伍珊珊拿著手電筒照一照，布幕上也沒變化，她氣得把傳單一丟：「到處都找過了，什麼線索也沒有。」

「不，是這張傳單。」霍許接住傳單仔細看了看——

傳單上十二個人，他們都在演奏音樂。

但有些人是重複的，有些樂器也是重複的。

「打拍子的有五個人，吹洞簫的有四個人。」

伍珊珊在旁邊數，霍許一聽，笑了：「吹按拍蹄，吹是四，拍是五，我猜那個彈琵琶的動作雖然有彈，但也有按，所以按是一。」

「打鼓點的像馬蹄，是二，四一五二，老師，我們猜對了嗎？」

伍珊珊問完，但通道裡卻安安靜靜，扮成小販的機關王不知道到哪去了。

「走吧，試試看就知道了。」霍許招呼伍珊珊，按下四一五二，密碼鎖咚的一聲響起。

伍珊珊的指尖傳來一絲痲癢，鎖開了，門緩緩的滑開。

時空穿越機

## 閱讀夜宴圖

這幅畫全長有三公尺，共分五個片段。打開韓熙載夜宴圖，就像跟著攝影機鏡頭，一幕一幕看著宴會的進行。除了韓熙載的特殊神情之外，還有值得仔細觀察的地方。

第一段聽樂：參加宴會的人圍坐，聆聽一名樂師演奏琵琶。畫面用桌椅床屏風圍成緊密關係，呈現融洽的氣氛。

第二段觀舞：舞者跳起綠腰舞，韓熙載脫下外衣幫忙擊鼓，其他人也跟著打拍子助興。這一段的畫面出現了一位意外的訪客——德明和尚。或許他對於自己現身在宴會中覺得有點尷尬，所以拱手背對舞者，不知他是不是在念佛號呢。

第三段休息：舞蹈結束，大家休息一下，韓熙載披上黑袍，與來參加宴會的人聊天。

第四段清吹：五名樂師吹奏，兩人吹橫笛，三人吹篳篥，賓客們都更自在隨意了。在這裡，

▲清吹

▲送別

韓熙載不但脫掉黑袍，還敞開衣襟，袒胸露腹呢。

第五段送別：吃喝玩樂結束了，酒酣耳熱的客人陸續離開，主人韓熙載站起來，一手向人揮手，另一隻手卻像在暗示：「別走啊，宴會還可以繼續啊。」

▲ 聽樂

▲ 觀舞

▲ 休息

# 貳 通道迷宮

他們走出那片亮光，發現自己走進一條長長的通道。僅可容身的通道有一個人高，看起來蜿蜒曲折。

「迷宮？」伍珊珊輕聲的說。

「夜宴謎城，一定要有迷宮的啊。」霍許抬頭看看天，天空灰濛濛，極細的雨點飄在他們身上，他明明記得，剛剛進入可能夜市明明

「晴空萬里」，但現在這個迷宮外的天氣是怎麼回事啊？

「我們一定又穿越了。」伍珊珊說：「難道這次我們回到南唐了？」

「回到什麼朝代不是問題，重點在怎麼回去可能小學？」霍許身上沒帶指北針和長繩子，在這個連太陽光都沒有的迷宮，他無法找到判別方位的協助，除了「聲音」。

那是一陣規律的沙沙聲。

在這麼寂靜的通道裡，那陣聲音讓人心安，他們朝聲音走去，地上是溼泥，每走一步，伍珊珊都可以感受黑色的泥水滲入她的鞋子，越走越是泥濘。

聲音越來越清楚——沙～沙～沙～沙，像是成群的蠶寶寶在啃食桑（ㄙㄤ）葉（一ㄝ）。

沙（ㄕㄚ）沙（ㄕㄚ）沙（ㄕㄚ）……

沙（ㄕㄚ）沙（ㄕㄚ）沙（ㄕㄚ）沙（ㄕㄚ）……

走過最後一個轉角，這裡有幾個人拿著挖土（ㄊㄨ）的工具，動作一致的挖著土，他們身上沾滿了溼泥巴，渾身上下髒兮兮的，只剩白色的眼球特別明顯（ㄒㄧㄢ）。

有兩個士兵站在通道上方，手裡拿著武器，正盯（ㄉㄧㄥ）著（ㄓㄜ）那（ㄋㄚˋ）群（ㄑㄩㄣ）人（ㄖㄣ）工（ㄍㄨㄥ）作（ㄗㄨㄛˋ）。

「這裡的進度落後了。」一個士兵喊（ㄏㄢˇ）。

「你們要快一點。」另一邊的士兵說（ㄕㄨㄛ）。

「要是北地的人打過來，這裡一定夠讓他們昏頭轉向了。」靠近霍許這邊的士兵笑著說。

「沒辦法，國主不派兵協防，林將軍也只能用這迷宮來擋住北地的軍隊。」士兵說。

士兵監督老百姓挖通道，迷宮般的通道，是為了迷惑來犯的敵人。

只是，敵人是誰？這邊的士兵又是誰？

霍許打個手勢，帶著伍珊珊退回他們原本出來的地方，但是像前幾次一樣，他們出來的洞口已經不見了，那裡現在變成一片如假包換的泥壁。

「果然沒錯，我們又進入機關王設計的穿越任

務了。」伍珊珊看看四周：「只是我們連自己在哪個年代的哪個地方都不知道。」

「動頭腦，找線索，別心急，」霍許正想往另一邊走，他突然停下來，輕聲說：「有人。」

一陣踢踏踢踏的聲音，霍許悄悄看了一眼，好像是馬——有人騎馬過來了。

他們緊貼著土壁，悄悄抬頭往上看，在他們頭頂，竟然有兩匹馬。

「將軍，國主訊息到。」像個士兵在說話。

「國主？」這是第二次聽到這個人的名字，而且伍珊珊聽過這個詞。

一個蒼老的聲音響起：「國主怎麼說？」

「主上有封信給您。」

聲音停了一下，那個將軍一定是在看信。

年輕的士兵問：「將軍，國主有說增援的部隊什麼時候到？」

「北地宋國的軍隊日夜操練，加派人手造船搭浮橋，眼看就要打來了，我向國主增調軍隊的請求……」

「不答應？」

「國主說他會再請匠人多刻一些佛像，和皇后多唸幾遍佛經。」

「念佛？」

一陣安靜，霍許看不見那個將軍的臉，只聽見他嘆了一口氣。

士兵問：「將軍，我們該怎麼辦？」

「我們從軍就是要保衛家園，當然要奮勇殺敵。」

「北地宋國那麼多軍隊……」

「我們在最前線，如果我們守不住了，別說金陵城破，連我們的家人也要遭殃。」

「那又怎樣，」士兵的聲音很不滿，「國主去掉皇帝稱號，希望宋國能滿意，但趙匡胤還是派兵來了啊。」

「去掉皇帝稱號？」伍珊珊突然想起來，南唐夜市的說書攤上，說過這段故事。

「南唐，我們在南唐，這裡還有個很會寫詞的皇帝——李後主。」

「我們到南唐了？」霍許的聲音大了點，他們頭頂上的將軍「咦？」了一聲，接著就聽到他喊著：「通道裡有人！」

伍珊珊只覺得身體僵硬呼吸困難。

「喵嗚。」旁邊有貓叫，是霍許。

霍許又叫了幾聲。

「將軍，只是一隻貓。」士兵說。

「大敵當前，哪裡來的貓，快搜，奸細都用這一招。」將軍一吼，士兵應了聲好，一陣銅鑼響在他們頭上。

「抓奸細，抓奸細。」

「我……我們不是奸細啊。」伍珊珊抬頭，恰好和將軍對上眼，有點年紀的將軍，看起來滿臉滄桑。

「來者何人。」將軍問了句。

「可能小學……」伍珊珊很有禮貌，即使被霍許拉著一腳高一腳低的在迷宮通道裡跑，但她堅持把話講完：「我們……是可能小學的學生，請多多……多多指教。」

將軍的指教很響：「宋國的奸細。」

伍珊珊還在解釋：「我們不是啊。」

瞬間，通道裡裡外外傳來各式各樣的聲響。

敲鑼！吶喊！吹哨！

全部的士兵都出來了嗎？四面八方全是叫喊聲：

「抓奸細。」

「別讓奸細跑了。」

「宋國來的奸細啊——」

時空穿越機

## 夜宴圖的主角韓熙載是誰啊？

韓熙載出生在唐朝末年，他們家世代為官。十九歲那年，韓熙載考中進士，前途一片光明，但也在這年，他的父親因為受到別人犯罪牽連而被殺，韓熙載為了活命，不得不假扮為病人，一路逃到南方。

韓熙載在南方遇到南唐開國君王李昪，受到李昪賞識，還擔任輔佐第二位皇帝李璟的大任。為了報答李氏父子恩情，韓熙載積極參與南唐政治，為南唐立下不少汗馬功勞。可惜，後主李煜繼位後，朝廷紛爭開始，韓熙載漸漸感到心灰意冷，他想辦法遠離這些惱人的政爭，與朋友們飲酒作樂，假裝不問世事。

在夜宴圖裡，畫家所繪製的人們都很開心，唯一表情奇怪的只有韓熙載。韓熙載在整幅畫中共出現了五次，不管在羅漢床上聽樂、還是為綠腰舞擊鼓，韓熙載表情嚴肅，甚至有些沉悶，與歡樂的宴會格格不入，難道是因為官場不得意，才讓他鬱鬱寡歡嗎？

▲ 韓熙載畫像

## 參 巡檢大人管得到

伍珊珊嚇得腿都軟了，要不是霍許拖著她在通道裡跑，她老早就癱軟在地了，霍許不但一路狂奔，沿路還不斷把泥巴抹在他自己和伍珊珊身上。

「好髒喔。」伍珊珊抗議。

「但是它卻能保護你。」

這些錯綜複雜的通道，既迷惑了他們，或許也同時迷惑了追兵，追兵的聲音有時在頭頂，有時又好像遠在天邊。當他們終於走進一大群拿著工具坐在地上休息的人群裡時，身上的泥巴，簡直就跟那群人一樣。

「你們說，將軍想用通道困住敵人，可能嗎？」一個老人拉住伍珊珊問。

「我……我不知道。」伍珊珊嚇了一跳。

「是個女娃娃啊，這些人連女娃娃都抓來？」老人說完，四周響起一陣嘆息：「國主天天享樂，百姓只好遭殃。」

這一說，好像觸動了很多人，他們伸手拍拍伍珊珊，「別擔心，你一定能回家的。」

「再苦也就是這樣了。」

「你家在哪兒呢？」

那些伸出來的泥手讓伍珊珊想尖叫，但她忍下來了。因為她有禮貌，她說：「可能小學，我們是從可能小學來的。」

伍珊珊脫口而出，這群人相互看一看：「那是在哪一村啊？誰聽過呢？」

趁著他們彼此詢問的機會，伍珊珊感覺袖子被人扯著，是霍許，她跟著霍許悄悄的穿過人群，踩著一個木梯爬上去。

烏雲更低，雨大了，遠方有河，大河對岸一定是敵營。

士兵在遠方巡邏，敲鑼的聲音好遠好遠，有辦喜事的味道。

「他們大概把我們當成自己人。」伍珊珊悄悄朝霍許豎起大姆指：「你太厲害了，還記得抹泥巴。」

「離開這裡再說吧。」霍許一路低著頭，儘量不跟別人眼神交會。

他讀過不少推理小說，知道想要讓自己隱沒在人群裡，最好的方法就是不要東張西望，不要跟人視線相對。

河在他們的背面，軍隊都駐紮在河灘防備敵人，他們背著河直走，越走到後頭的守衛越鬆散，別說巡邏的士兵，走到一條小路上時，

連個士兵都看不到。

他們在小溪邊費了很大的勁兒，才把泥巴洗掉。

「安全了。」霍許的臉乾淨了。

「你真是太聰明了。」伍珊珊歡呼完，抬起頭，小路的樹下有個頭大身體小的男人正盯著她。

「我……我們……」伍珊珊退了一步。

那個男人騎著一頭比狗大不了多少的驢子，他踢了驢子一腳，驢

子乖乖走到他們面前。

「小鬼，要去哪裡？」那男人問。

「去哪兒呀？」伍珊珊結結巴巴，對呀，該去哪兒呢？

「這不歸你管。」霍許說。

「哈哈哈，」那男人仰天大笑，笑聲粗粗啞啞，「偏偏我就是管得到，整個唐國，我都管得到。」

「為什麼？」他們同時問。

男人從懷裡掏出一塊小木牌，上頭的字小小的，伍珊珊還沒看清楚，男人已經把那塊牌子收起來了，「巡檢司排行第三十六的巡檢郎——管得到，那就是我。」

「管得到？」

男人站了起來，哇，坐在驢子上看不出來，他其實很高：「國主命我管東管西，管上管下，現在我宣布，我要徵召你們，陪我去查案子。」

「查案子？」霍許很開心。

「為什麼是我們？」伍珊珊很好奇。

「因為……」管得到笑著說：「堂堂巡檢大人出門沒隨扈，這像話嗎？」

「確實不像話，你應該從什麼巡邏司裡調人手啊。」伍珊珊建議他。

「是巡檢司！」管得到又騎到驢子上，「巡檢司三十六名巡檢

郎，如果我是第一名的巡檢大人，出門有三十六人抬的轎子坐，如果我是第二名的巡檢大人，出門有三十五人的跟班做使喚，如果我是第三名……」

霍許猜：「所以你是第三十六名，出門……」

管得到拍拍手：「懂了吧，第三十六名，出門沒跟班，但有緊急查案權，隨時可徵召，隨地可找人，算起來，還是我威風，懂了吧？」

「第三十六名，倒過來數是……」伍珊珊說得不太好意思。

「倒過來數就是第一名，」管得到催著，「做官不必在意虛名，像我就不太會去跟人家說我是巡檢司裡的第三十六名。」

伍珊珊誇他：「是是是，您真是謙虛呢。」

管得到好像聽不懂伍珊珊話裡嘲諷的意味，得意洋洋的說：

「因為我謙虛，國主才會這麼看重我啊，待詔顧大人家的案子，國主就特別指派我來查。」

他的驢子走得快，伍珊珊和霍許要小跑步才跟得上。

「好了不起啊。」霍許言不由衷的說。

「那是當然啦。」管得到頭抬得高高的：「跟緊啦，要是跟丟了，我還得再徵召其他人，太麻煩了。」

「請問排名第三十六的管大人，我們現在要去查什麼案子？」霍許問。

「案子啊？」管得到愣了一下。

「國主這麼喜歡你，一定是查殺人放火案。」伍珊珊猜。

「不然就是江洋大盜攔路搶劫？」霍許也猜。

管得到鞭子一甩：「顧大人報案，說是家裡遭小偷。」

「小偷？」他們兩人頓了一下，「竊案算大案嗎？」

「當然。」管得到說，「案子不分大小，管得到都會把它查個水落石出的。」

他說到這兒，雙腿一夾，那頭驢子就認命的跑了起來。

# 肆 待詔顧閎中

金陵城不遠，霍許和伍珊珊跟著管得到，走沒多久就到了。

管得到名叫管得到，所以什麼都想管。

他嫌守城門的士兵站沒站相：「你長官是誰？叫他過來。」

那士兵不敢找長官，恭恭敬敬送他們進城。

他罵路邊賣棗子的老人太懶：「客人來了都不會招呼？」

老人急忙奉上一把棗子：「大人嚐嚐，這是用秦淮河水種的棗子呢。」

管得到吃一口棗子，就罵一句：「街容不整，百姓懶散，全都該好好整頓。」

對了，他還嫌路邊的野狗睡沒睡相，跳下驢子，想踢牠一腳。

「你不可以虐待動物……」霍許話還沒說完，那條狗卻跳起來，咬住管得到的靴子不放。

管得到大叫：「你……你們還站著看什麼，快把狗拉開啊。」

霍許一邊趕狗，一邊說：「大人，你應該把你的牌子拿給牠看，不然，牠哪知道您是巡檢司排行第三十六名的大人呢？」

這麼一說，提醒了管得到，「記下來，記下來，以後城裡不管是貓狗山羊或老鼠，全都要教牠們禮儀。」

「這太難了。」伍珊珊說。

「只要有心，怎麼會難？」管得到拍拍被狗咬過的靴子，跳下驢子：「好啦，到啦，該辦案了。」

在他們面前，有個大門。那是一個漆了大紅色的門，門外頭有兩棵高大的桂花樹。

進了門，是個寬闊的院子，幾個僕人穿梭不停，

管得到在門前站了一會兒，也沒人理他，他耐不住性子，拉住一個僕人說：「去找你們家顧大人，跟他說巡檢司的管得到來了。」

「你沒看見我在忙嗎？」那僕人有張苦瓜臉。

「你沒聽見我在找他嗎？」管得到有點火，拿起腰牌：「本人可是堂堂巡檢司下排行第三十六的巡檢郎，快去找你家主人。」

他說到主人兩字，還特別加強音量。

「唉！」苦瓜臉好像很不情願，放下花瓶，搖搖頭，走進去。

「你們說，這是什麼世道什麼僕人啊，堂堂巡檢司的大人到了，卻連一杯茶也沒有，啊——別說茶了，椅子呢？好歹得有人送把椅子，送盤點心，別以為待詔是多大的官，說穿了，不過就是

個幫國主畫畫的小官……」

管得到還在嘮叨呢，大屋裡走出一個鬍子斑白的中年男人，他頭髮梳得光亮，衣服卻沾滿了墨汁油彩，「小小的案子還勞煩巡檢司特地前來寒舍，真是不好意思。」

「那是一定要的啊，」剛才還在抱怨的管得到，一見到顧閎中，神情立刻變了個樣：「我們都是幫國主辦事啊，況且顧大人的官階比我高了十一階，我當然要盡心盡力啊。」

伍珊珊覺得很奇怪：「你剛才不是說他只是個畫畫的小……」

管得到以迅雷不及掩耳的速度，摀住伍珊珊的嘴巴：「待詔大人在王宮裡為國主畫畫，那是舉國皆知的大畫家。」

「沒什麼，沒什麼，管大人真是行動派，我才剛派人去王宮報案，說家裡有竊賊來偷東西，您馬上就知道了。」

「國主愛您的畫，您掉了一幅畫，他著急嘛。」管得到滿臉堆著笑容。

顧大人愣了一下：「咦，國主竟然知道我家掉了畫？」

顧大人的話，讓霍許耳朵豎了一下，不禁仔細打量管得到。

管得到繼續自吹自擂：「那是當然啦，您別看國主整天寫詞念佛，金陵城裡大大小小的事，他全都知道啊。」

管得到笑了起來，那笑聲粗粗的，聽起來好熟悉，好像誰呀……

「您就一個人來辦案嗎？」

「查案子當然是輕車簡從，越不露痕跡越好啊。」

「可是辦案總需要人手協助，一個人……」顧大人好像有點擔心。

管得到的手指在肚子上拍拍：「放心，巡檢司辦案，可以隨時徵召百姓，他們兩個就是我的隨從。」

「這兩位啊……」顧大人瞄了他們一眼，「您辦案子找小孩做助手，怕不牢靠啊。」

管得到搖頭晃腦的笑著：「有我在，阿貓、

阿狗就隨便啦，顧大人，我們進去案發現場看看吧。」

那笑聲——霍許想起來了，跟機關王的豺狼笑聲很像，粗粗的，低低的，難道機關王也跑進南唐了嗎？

伍珊珊跟在大家後頭，她一路瞪大眼睛，這屋裡的東西，不管哪一樣，只要能搬回可能小學，都能當可能博物館的鎮館之寶了。

唐三彩的花瓶，故宮裡當成寶，這裡卻真的拿來插花用。

一尊菩薩的立像，靜靜立

在轉角，光線打在祂上身，美呆了。

伍珊珊吞了吞口水，這才跟上大家，走進一間有天井的畫室，光線由天井照射下來，架上疊滿了畫紙，應該是個能舒服創作的畫室。只是整個屋子像被炸彈炸過，桌椅倒的倒，翻的翻，毛筆、顏料甩得滿地都是，不像小偷來盜寶，比較像有一頭犀牛跑進畫室橫衝直撞的現場。

「顧大人，畫室東西這麼多，小偷拿了哪些東西？有沒有列出清單來？」

「不用列了。」顧大人說。

「為什麼？」屋裡的三人同聲問。

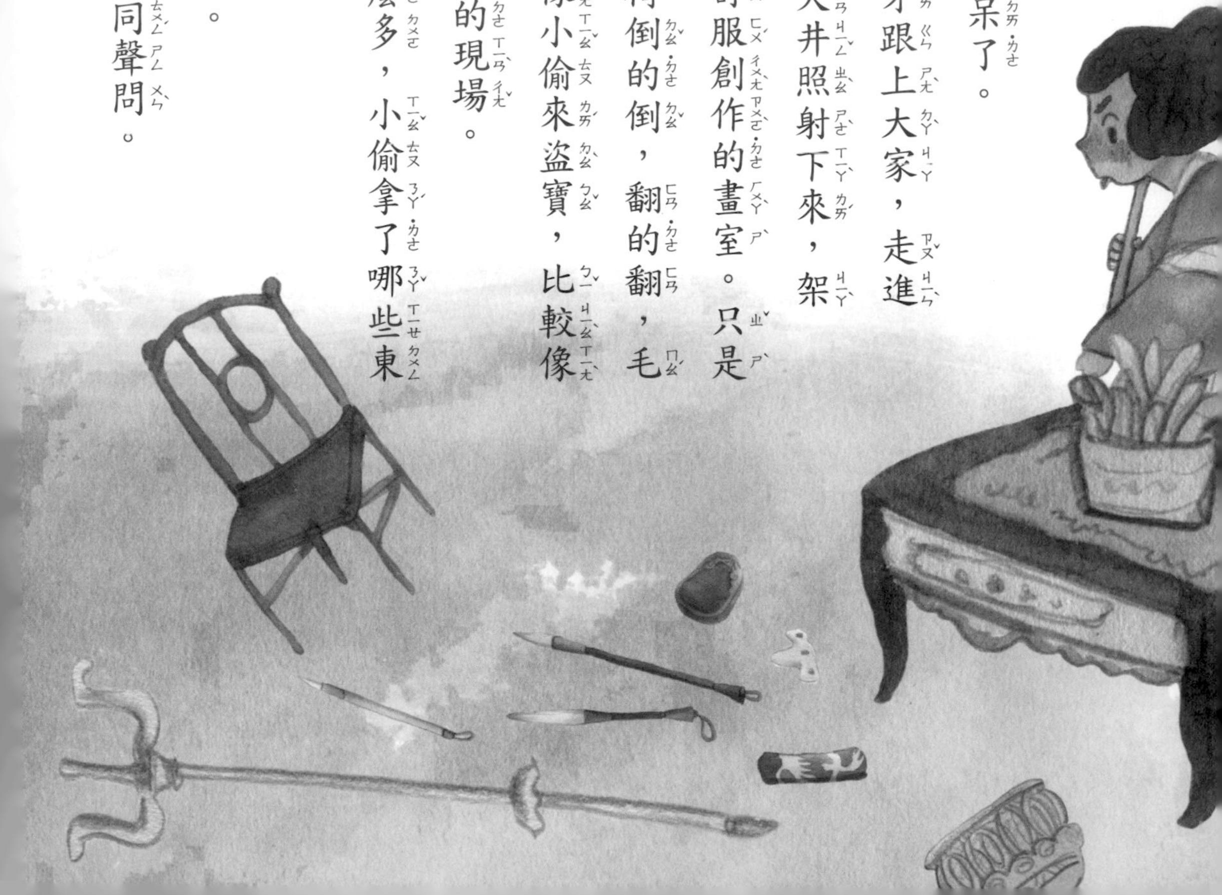

「我只掉了一幅畫。」

「什麼？」管得到眼睛瞪大了，嘴角有一抹神祕的笑容。

「賊只取走一幅畫。」顧大人說得斬釘截鐵。

「他就只偷走一幅畫？」伍珊珊想問的是，明明這畫室裡有這麼多畫……卻只掉一幅？

「那幅畫本來放在這兒。」顧大人在畫桌上比劃，「我昨晚才整張畫好，打算今天一早送進宮。」

管得到沉吟著：「雖然顧大人的畫很值錢，但這個賊只偷走一

幅畫，這也太奇怪了。」

「那幅畫不同，」顧大人壓低音量：「那是國主命我去韓熙載大人家參加夜宴，畫好要送進宮的。」

「〈韓熙載夜宴圖〉？」霍許和伍珊珊忍不住喊，「那是你畫的？」

「乳臭未乾的孩子懂什麼呀，不懂別亂說話。」管得到制止他們，回頭臉上立堆滿了笑容問顧閎中：「顧大人，別聽這兩個孩子亂說話，到底是什麼畫呢？」

沒想到，顧大人連鼻孔都撐大了，他瞪著伍珊珊：「你們見過那幅畫？我的畫是你們偷的？」

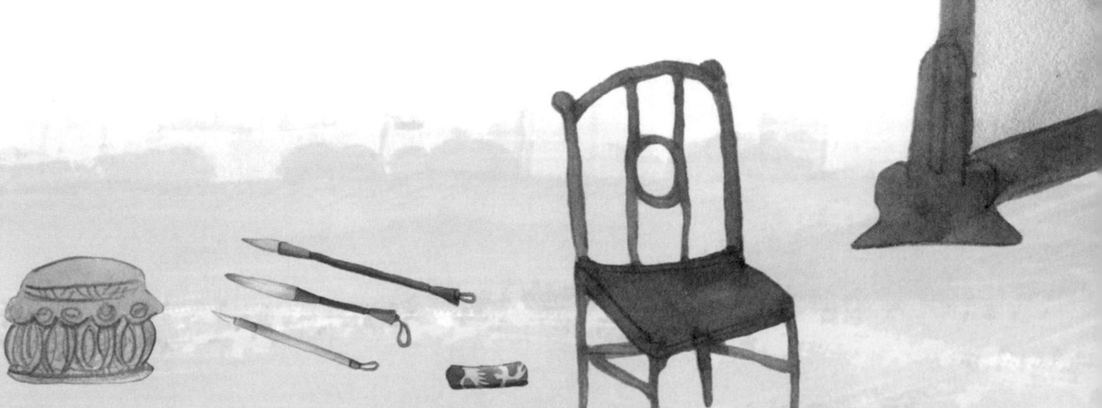

伍珊珊本來想說，霍許怕闖禍，急忙用眼神制止她：

「我們沒見過，是聽人說的。」

「我整整畫了七天，昨晚剛畫完就被人盜走。」顧大人握緊拳頭，「管大人一定要幫忙把圖找到才行啊。」

「有什麼好擔心的呢，再畫一張不就得了！」管得到打了個哈欠，「好啦，我回巡檢司把這事記下來，該走了。」

「這樣就查完了？」霍許嚇一跳。

顧閎中也攔著他：「管大人，這其中一定有很大的隱情啊，您想想，小偷為什麼只偷這幅圖？」

「他喜歡你的畫？」

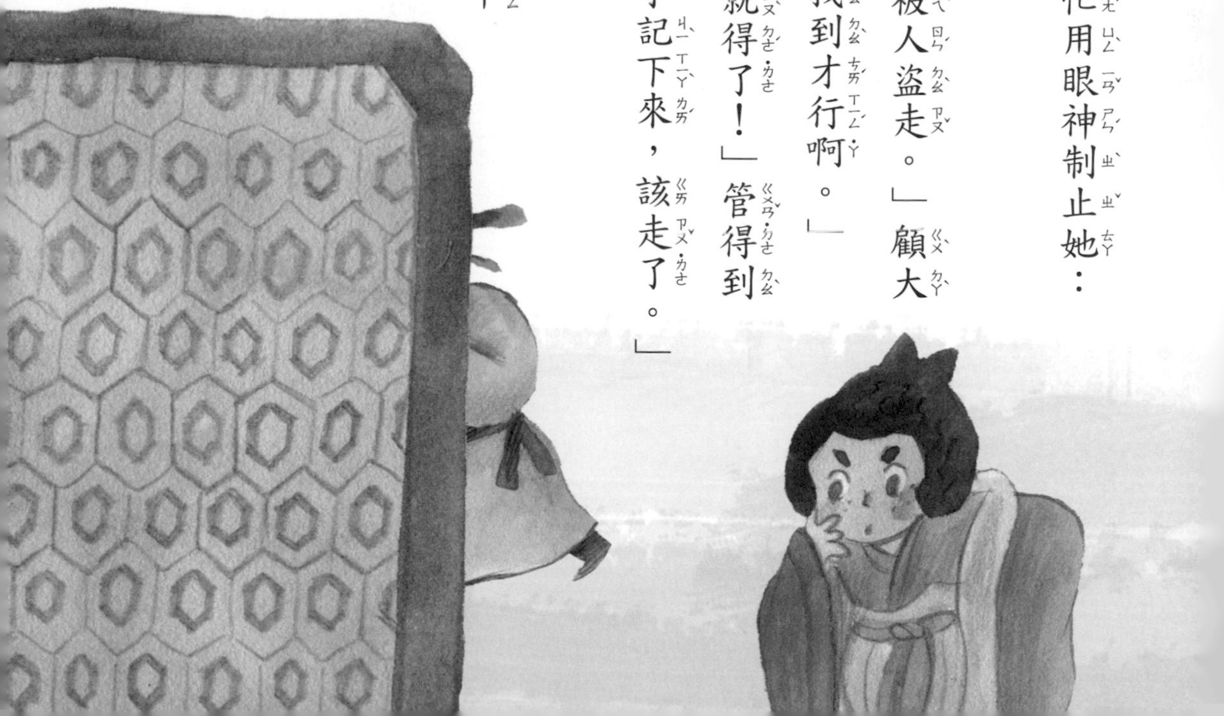

顧閎中拿起桌上小金佛：「把它拿去賣，能在金陵城裡買間房，小偷卻沒拿走它，你不覺得有蹊蹺嗎？」

「你這一說，倒是有點可疑。」管得到跨出去的腳又縮了回來，

「或許這個小偷是你的鐵桿畫迷，特別來偷畫收藏。」

「管大人別說笑，」顧閎中皺著眉頭，「這是國主命我去畫的圖啊，如果流落出去，後果不堪設想啊。」

「好吧，我回去後，稟報巡檢司，我們三十六名巡檢郎立刻到各大畫坊明察暗訪，一定把你那幅什麼請客圖找回來。」

管得到說完了，擺擺手，真的要走了。

難得有這種查案機會，霍許不想放過，他喊了一聲：「可是，巡檢司排名第三十六的管大人，這個竊案現場，您都還沒勘察耶。」

管得到瞄了一眼現場：「一堆爛椅子破桌子，查什麼查，就是掉了一幅畫啊。」

「你這是怠惰職守。」

「不，我這叫做辦案程序簡單化。」

「那這個呢？」霍許從地上撿起一顆圓珠，聞了聞，這味道他聞過，奶奶佛堂裡就有，是檀香味。

「這是佛珠嗎？」伍珊珊也撿了一顆，地上還有不少顆，有的被踩裂了，有的滾到牆角。

「這是顧大人的？」霍許問。

顧閎中搖搖頭：「我家只拜三官老爺，不拜佛。」

「所以，昨天晚上，有個人的佛珠在這裡被扯斷了。」霍許看著管得到：

「大人覺得呢？」

「嗯，這是個新的線索，我管得到決定管了！」他的態度轉得好快，立刻問顧閎中：「那場夜宴中，有沒有人戴著佛珠？」

## 時空穿越機

### 躲在畫作背後的皇帝——李煜

那個不相信韓熙載，派人去刺探他的皇帝李煜，他是五代十國時期南唐國君。可別小看他喔，在文學史上，他可是赫赫有名的詞帝，他寫出來詞，像是《虞美人》的「春花秋月何時了，往事知多少」；還是《相見歡》的「無言獨上西樓，月如鉤。寂寞梧桐深院鎖清秋」，每一首詞都讓人朗朗上口。

李煜原來就不想當皇帝，只想歸隱山林過生活，他痛恨自己生在帝王之家，如果他單純的當個詞人，那該有多好？可惜，他生不逢時，南唐後來被宋朝給滅了，他被俘虜到汴京，人們才會稱他為李後主。

李後主當皇帝時寫的詞，其實並沒那麼棒；等他變成了俘虜，離家國千里了，對家鄉、當年的懷念，才讓他的藝術才華又提升了一大階。

他書法好，也會繪畫，音樂成就也高，然而最讓人津津樂道的，卻永遠是那些國破家亡的詞。

▲ 李煜畫像

# 伍 護法寺的德明法師

霍許和伍珊珊都記得——〈韓熙載夜宴圖〉裡有個和尚。一般的和尚在廟裡念經，或在山裡修行，但是在宴會裡看女孩跳舞，那實在太怪了。也因為奇怪，所以霍許印象特別深刻。

「和尚一定有佛珠。」

顧閎中點點頭，「那天晚上，護法寺的德明法師也到韓熙載大人

府裡，不過他待的時間不長，看完舞就走了。但是韓熙載大人對他特別禮遇，所以我記得很清楚，國主特別交代，每一位參加宴會的賓客都要記下來，所以我畫圖的時候，就把他畫進去；至於他的佛珠，沒錯，他手腕上有一串佛珠，但是不是這一串，就不清楚了。」

霍許拿著佛珠在手上翻看，這是一顆普通的木珠，中間打孔，地上的數量不會超過二十顆，長度不長，所以是戴在手上的佛珠。

顧大人嘆口氣：「這幾年，國主對菩薩特別的虔誠，京城裡大興佛寺，佛家子弟都有很好的供養，大家都說，國庫裡的錢，要不是給了北地的宋國，就是捐給了佛寺。」

「不管怎樣，先去看看那個和尚吧。」管得到走到門口，跳上驢子，朝伍珊珊和霍許說：「你們兩個還等什麼呢，走囉。」

說走就走，管得到趕著驢子前面，他們跟在驢子旁邊走。顧閎中騎著驢也來了。

他們一行人走到大路上，細雨停了，烏雲散開了，這個古老的年代，潮溼的風裡有青草的氣息。

路邊有條河，河其實不大，小船停泊在河面上，船身都畫滿了美麗的圖畫，有的船上還有人演奏音樂，也有一些美麗的女子在船上唱

歌跳舞，船上不時爆出笑聲。

顧閎中也騎驢，驢子看起來小，但走起來其實挺快的，霍許和伍珊珊要一路小跑步才跟得上。

「秦淮河上的風光，我怎麼看都看不膩。」管得到突然說。

霍許問：「可是大河邊不是要打仗了？」

管得到笑了一聲，那笑聲有嘲諷的味道：「商女不知亡國恨嘛……」

這詩伍珊珊有印象，下句好像是

「隔江猶唱後庭花」，她說：「是李商隱詩，詩名好像是……」

「〈泊秦淮〉，講的就是這條河。」顧閎中說，不知道為什麼，伍珊珊覺得他的聲音裡，聽起來有悲傷的味道。

走了不久，護法寺到了。

這間寺廟金碧輝煌的，門口有個大廣場，三座橋從左中右跨秦淮河而來，來燒香拜拜的人就把船停在橋邊。橋邊有幾個小和尚招呼信徒。

管得到和顧大人把驢子交給接待的和尚。

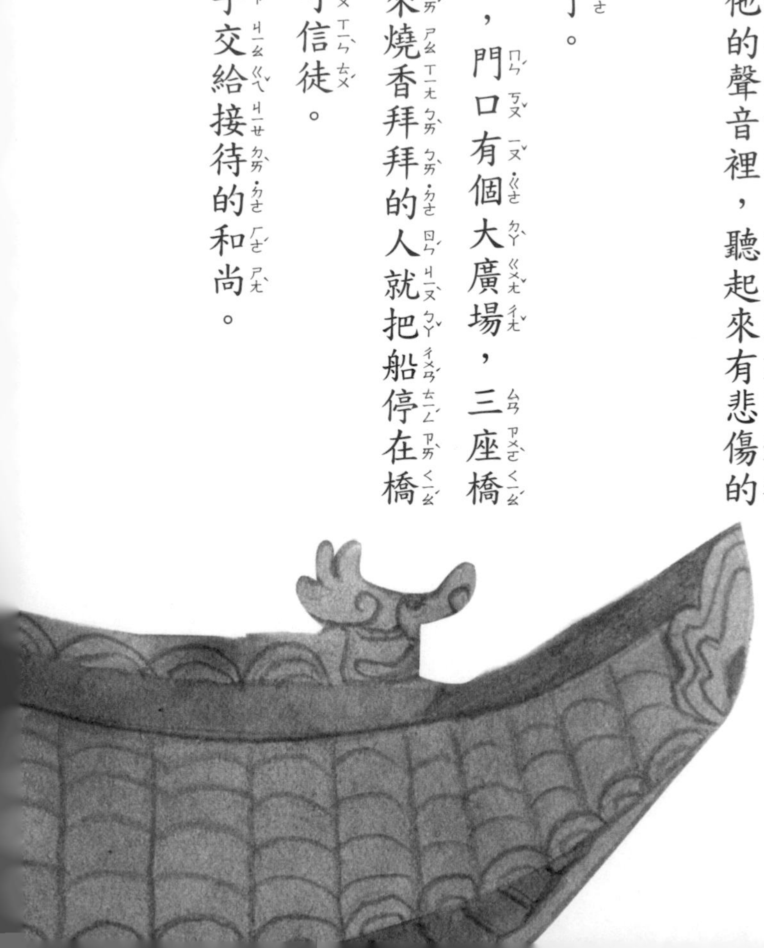

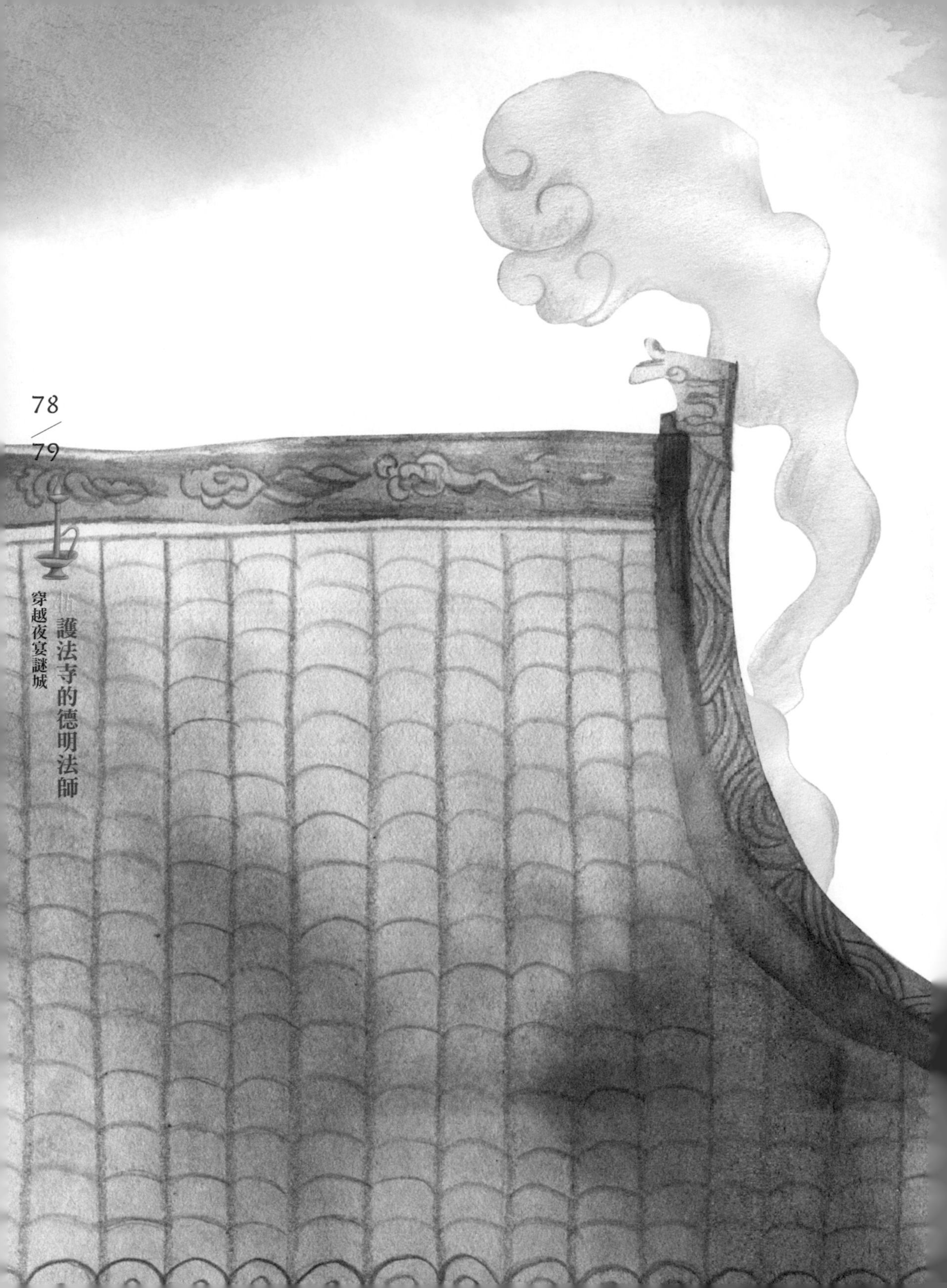

他們的年紀都不大，眼睛大的和尚叫秋風，聽到他們說要找德明法師，竟然像兔子般跳了起來，轉身就跑進寺裡通報。

個子較高的小和尚叫做落葉，領著他們穿過護法寺的牌樓，牌樓上描金畫銀，十分壯觀宏偉。

過了牌樓是大雄寶殿，後頭是一進一進的佛殿，廊邊的樹是新栽的，暗紅色的牆面是新刷的，它們都很新，看起來才剛落成的樣子，每一棟幾乎都能拿來當籃球場，就在伍珊珊以為永遠走不到盡頭時，落葉讓他們在某個房間門口等一下：「德明法師的禪房到了。」

這間禪房不大，外頭有棵石榴，裡頭收拾得窗明几淨，地上鋪了草席，一個矮几上有本攤開的經書，香爐裡有一縷輕煙。

德明法師年紀約莫三、四十歲，說話聲音也很好聽：「顧大人久違了，今天是來寺裡畫畫，還是來燒香的？」

不過，他說話時一直盯著伍珊珊和霍許，彷彿他們是什麼碰不得的細菌，霍許身上的泥屑掉下一點，他的眼睛都瞪得牛羚般大了。

顧閎中搖搖手：「今天來有公事，這是巡檢司的管得到管大人。」

德明法師有點意外：

「管大人來找和尚查案子？」

管得到拱拱手：「您誤會了，我們是想來了解一下案情。」

「案情？和尚整天在寺裡打坐念經，俗事不沾身，哪會知道什麼案情呢？」

「話也不能這麼說，您前幾天不就去了韓熙載大人的宴會？」

「我去是去了，」德明法師愣了一下，「但是，那和顧大人有什

麼關係呢？」

「我家裡掉東西了。」顧閎中說。

「貴府掉東西來找和尚我？顧大人，和尚吃齋念經，拿本佛經還有用，拿您的畫能做什麼呢？」

他說得那麼委屈，伍珊珊都覺得大家錯怪他了。

禪房裡，氣氛有點兒尷尬，幸好，秋風和尚送了茶來。那茶很香，房裡瞬間滿布茶的清香，几上沾到幾滴茶漬，德明法師立刻用布擦了擦，還不只擦茶漬，連剛才霍許帶進來的泥屑，他都蹲下來擦個乾淨。

管得到喝了一口問：「好茶，這茶很貴吧？」

「這茶不用買，國主送的。」

「哇，國主送的茶？」管得到仔細端詳著茶，像是很捨不得喝的樣子。

「今天的杭州龍井還不是最好的，大人有興趣，下回再來喝茶。」德明法師看到管得到坐的地方有點髒，也拿布擦了一下，「國主在宮裡也念經，我還曾去主持過一次法會，那回的茶更好。」

顧閎中看著茶，眉頭深鎖，「北地宋國虎視眈眈，隨時會渡江打過來……」

德明法師把茶壺放下，微笑著，「國主也擔心，所以他念佛吃齋，在金陵城裡大興佛寺。你們來時看這護法寺的建築，都是這幾年翻修的，國主一心向佛，佛陀自會護祐我國的。」

門外，落葉送了幾盤糕點來，它們像透明的彩色果凍，上

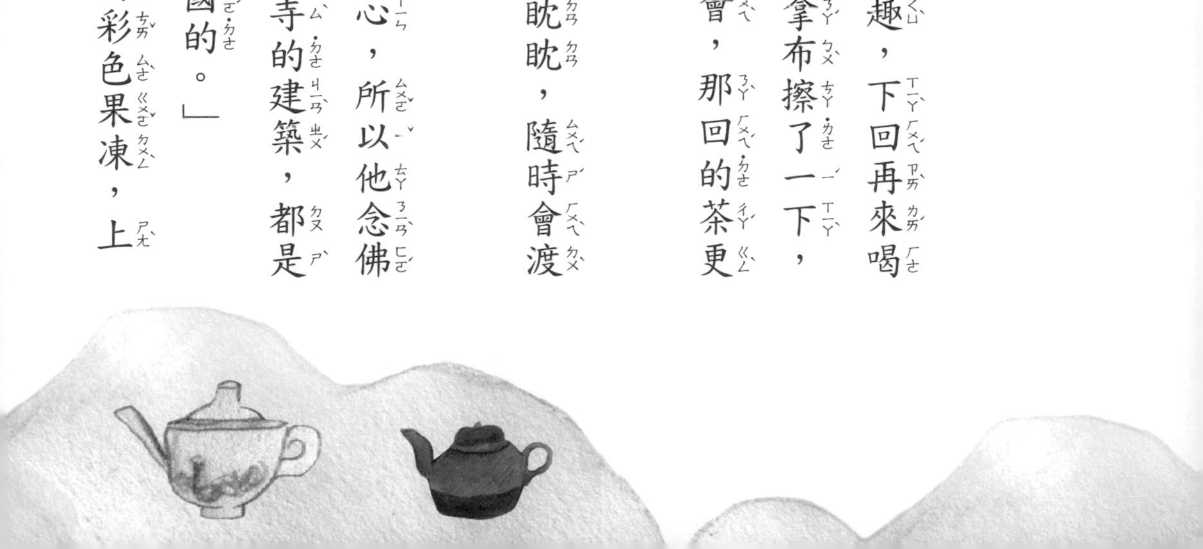

頭又細細壓上黃色的花瓣，伍珊珊拿了一個，她捨不得吃，「好美的藝術品啊。」

德明法師朝她笑一笑：「吃吃看，是寺裡師父們的手藝。」

她輕輕咬一口，是豆沙餡，她細細的品嚐，旁邊的管得到一口吃一個，風捲殘雲，伍珊珊一個都還沒吃完，他已經把一盤糕點吃光了。大手擦擦嘴，從懷裡拿出佛珠問：「這德明法師見過嗎？」

「佛珠？」德明法師沒伸手接，他把布攤開，讓管得到

把珠子放上去，這才仔細看看，「見過，也沒見過。」

「法師在說禪語嗎？」

「這種佛珠太普遍了，護法寺外的小販就有賣，只要是佛教子弟都戴的。」

「法師的佛珠還在嗎？」管得到追問。

德明伸出手來，他手上就戴了一串佛珠，顆粒比較大，圓滿珠潤，看起來比他們拿來的還要高級。

「不好意思，那我們就告辭了。」

「告辭？」霍許急忙拉著他，「你真的要走了？」

「不走，難道留

在這裡還有其他點心吃嗎？」

「他明明就去過顧大人府上見過畫，你怎麼不抓他？」

「啊？」

霍許看著德明和尚說：「你說這幾天沒出門，怎麼會知道顧府弄丟的是一幅畫？」

「我……我有說嗎？」

伍珊珊在旁邊拍拍手：「沒錯沒錯，我也有聽見，你剛才說和尚整天吃齋念經，拿佛經還有用，拿一幅畫有什麼用呢？」

德明愣了一下，霍許補充：「還有，你的潔癖害了你！那串佛珠如果不是你掉的，你怎麼看了佛珠後還要用布擦手？你一定知道它們曾經掉到地上，對不對？」

「擦手是我的習慣。」

「就是這習慣洩漏你的祕密。這裡是佛寺，和尚能說謊嗎？」

德明法師嘆口氣：「韓熙載大人是我的好友，他邀我去參加夜宴，我當然得去，出家人不打誑語，我只去了一下，回來才聽說，國主派顧閎中大人去調查。」

「所以你就去偷畫？」

德明法師的臉紅了，「出家人偷東西是犯戒的，我聽說他的畫畫好了，我只想去看看自己有沒有被

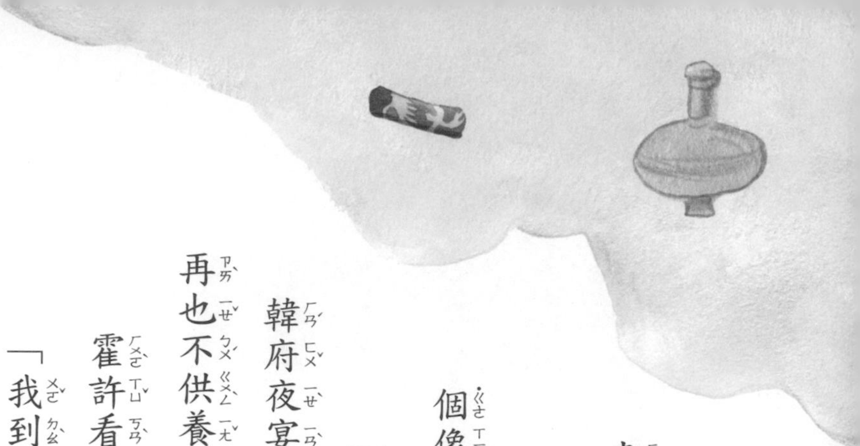

畫下來。」

「畫裡當然有你啊，那是國主交代的。」顧閎中說，「畫個像又不犯法，你擔心什麼呢？」

「國主這幾年潛心向佛，對佛家子弟這麼禮遇，我出現在韓府夜宴裡，讓國主知道了，以為佛家子弟不守清規，一怒之下，再也不供養佛寺，這麼大的罪名，德明擔當不起啊。」

霍許看看他，他說得很真誠，不像假話，他問：「那幅畫呢？」

「我到畫室時，裡頭有個蒙面人。」德明法師說。

「有小偷？」伍珊珊驚呼。

德明點點頭：「我問他在做什麼，那人連招呼也不打，一拳打過來，他的拳法老練，我從小學佛又學拳，才能勉力擋住他，但卻無法阻止畫被另一個人偷走。」

霍許好奇了：「又有另一個小偷？」

「沒錯，我和他正打得激烈，無暇兼顧那幅畫，那個小偷趁機跳進畫室，捲了畫就跑了。」

管得到好像一點都不意外，只是簡單俐落的說：「人海茫茫找不到，結案。」

「找得到，找得到。」德明法師的話讓大家嚇一跳。

「你知道？難道小偷在胸前寫名字不成？」管得到搖搖頭。

德明法師說：「雖然有蒙面，但是那是個姑娘，而且，我還知道她是誰。」

所有人全望著他：「你是怎麼知道的？」

「那種妖媚的動作，看過一次就忘不了，而且她身上的香氣很特別，更何況我還看她跳了一晚的舞啊。」

時空穿越機

## 夜宴圖有什麼祕密？

這幅畫的繪畫動機讓人充滿了好奇，畫這幅畫的人好像親身經歷了這場宴會，把他在那一晚目睹的一切全複製下來，究竟是誰畫這幅圖？他又為什麼要畫這一幅畫呢？

根據記載，南唐後主李煜曾派畫家顧閎中混進韓府夜宴的客人裡。不過，顧閎中並不是在現場打草稿，當時也沒有照相機，他竟然能用眼睛看，心裡仔細記下來，回家之後畫成這幅夜宴圖，再呈獻給李煜。

不過，為什麼李煜要派畫家去考察大臣家的宴會呢？

雖然韓熙載常和李煜意見不和，但李煜還是挺欣賞他的才能的，多次想讓他擔任宰相的工作，然而話到嘴邊，還有點顧忌。

一是他聽說韓熙載喜歡呼朋引伴飲酒作樂。

二是韓熙載是北方來的人，不知能不能永遠效忠南唐。

這就是畫家顧閎中的使命，不知道畫裡的韓熙載已經發現皇帝的企圖，才會在畫裡流露出憂心忡忡的神情，連擊鼓都無法盡興呢。還是有其他原因擔憂呢？

▲ 顧閎中插圖

# 陸 王屋山不是一座山

「那個女賊名叫王屋山。」德明和尚說：「她是教坊的姑娘，跳起舞來像女妖。」

「女妖？」伍珊珊退了一步。

顧閎中瞇起眼，像在回憶，「沒錯，她舉手投足，妖氣十足。」

「但是，她只是一般的女生啊。」霍許覺得疑惑，德明法師的身材壯碩，怎麼會搶不過一個女人，除非她很壯、很壯，「而且她為什麼要偷畫呢？」

管得到彈了一下手指，禪房頓時安靜了，「走吧，我們去教坊問她。」

走出護法寺，陽光出來了，透過雲層往下灑的金光，細細碎碎全灑在千年前的廣場。

熙來攘往的人群，穿著五顏六色的衣裳。

沿長長的石板街道走，街邊有各種商店，這是一座熱鬧的大城，販賣布匹、米糧、香料……

不少孩子在街邊工作，幫忙打鐵的，藥材行裡切藥的。

「他們不用上學嗎？」伍珊珊很好奇。

「吃飯都成問題了，還上什麼學啊？」管得到走得急，語氣冷冰冰的。

出了長巷，路面變寬，兩旁的屋子越來越氣派，屋外的衛兵越來越多。

道路直通一座高大的宮殿，顧閎中說那是王宮，是國主住的地方，他們沒進皇宮，轉進一條巷子，巷底有兩扇紅漆大門，旁邊掛了兩盞紅燈籠，一左一右兩個大字：「教坊」。

音樂從教坊裡傳了出來，門口有個白鬍子爺爺。這麼多人，他誰也不理，直拉著霍許眉開眼笑的說，

「小男孩，你有慧根。」

「什麼慧根？」

「跟我學三年，肯定能在教坊爭頭名。」老爺爺說到這兒，捋著鬍子笑起來，細細長長的眼睛像狐狸。

伍珊珊擔心霍許被騙，把老爺爺的手拉開，「這裡是做什麼的？」

「教坊啊，王宮裡的表演就由教坊負責。」狐狸爺爺打量著伍珊珊：「小姑娘個子矮，人又胖，如果你想來教坊，跳舞是不行的，太胖了，玩雜耍是老了些，變法術怕你學不來……」

伍珊珊臉紅了：「我也沒說要學啊！」

「哎呀，聲線這麼粗，唱歌也沒指望囉！」

狐狸爺爺看看她：「教坊裡還缺打掃、洗衣、煮飯的丫頭，你來試試吧，說不定是個出路。」

這一說，除了伍珊珊，大家都笑了。

伍珊珊指著霍許問：「那他呢？」

「男孩子學雜耍不錯，頂水缸，還能吞火、吞劍；如果去樂坊，我看他的身材……」

老爺爺捏捏他的手臂：「打鼓、敲板都有機會。」

霍許嚇得半死：「吞火、吞劍，我可不要。管大人，我們是來辦案的啊！」

狐狸爺爺愣了一下：「辦案，要辦什麼案？」

管得到問：「教坊裡，有沒有一位名叫王屋山的舞者？」

「王屋山？」狐狸爺爺問：「她犯了什麼案，你又

是什麼人？」

顧閎中替他介紹：「這位是巡檢司管得到大人，奉國主之命來查一件竊盜案。」

管得到臉色一沉：「有人可以作證，說是當晚在韓府看見王屋山，可以請她出來嗎？」

狐狸爺爺一聽，連忙派人去後院找王屋山。

德明和尚說，王屋山有妖氣。

顧閎中大人說，王屋山跳起舞來像女妖。

「女妖長什麼樣子呢？」伍珊珊很好奇，看著後院走出一個濃眉大眼，一臉凶巴巴的姑娘，「她不像一座山，更不像是妖怪啊。」

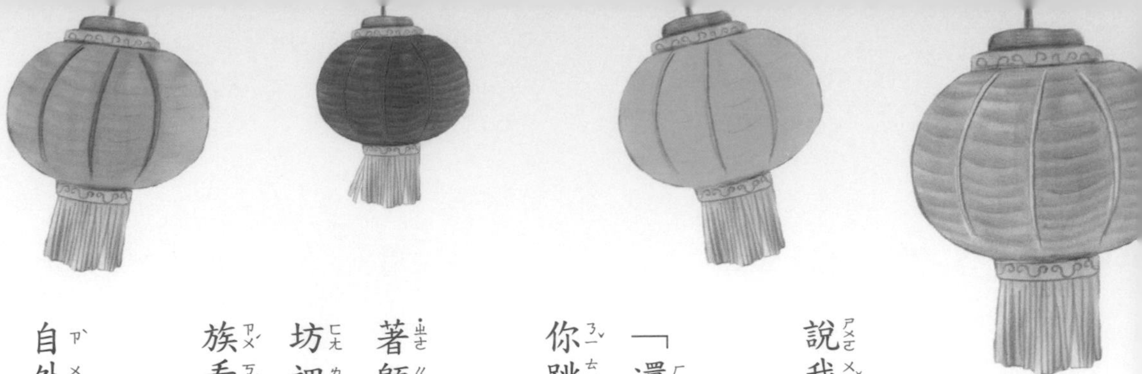

王屋山粗聲粗氣的問：「誰說我是妖怪？」

「他！」霍許指著顧閎中，「還有一個護法寺的和尚，他說你跳舞時像女妖。」

那個姑娘怒吼著衝過去，扯著顧閎中的袖子：「我整天在教坊裡，跳舞也只跳給王宮裡的貴族看，你怎麼可能見過我跳舞？」

「對呀，教坊的舞者不能私自外出的。」老爺爺看看顧閎中，

「你真的見過王姑娘跳舞呀？」顧閎中退了一步：「我……我沒看過你跳舞啊。」

這話一說，大家都愣住了，尤其是霍許。

「是你說她跳舞很妖魅啊，難道你有健忘症，才剛說過的話立刻就忘了？」

「你說謊啊？」狐狸爺爺問。

「坦白從寬，認錯不難。」管得到逼近一步。

顧閎中看看大家，「我真的看過王屋山跳舞，但是呢，這個王屋山不是那個王屋山。」

「難道是假冒？」管得到拉著狐狸爺爺：「這個肯定是假冒的！」

狐狸爺爺也嚇呆了：「假冒王屋山？誰會假冒脾氣這麼暴躁的姑娘啊？」

「你說我暴躁？整個教坊裡，我比任何人都溫柔。」王屋山扯住狐狸爺爺，她的身材高，狐狸爺爺人矮，被她一拉，腳都騰空了。「你說，我是溫柔還是暴躁？」

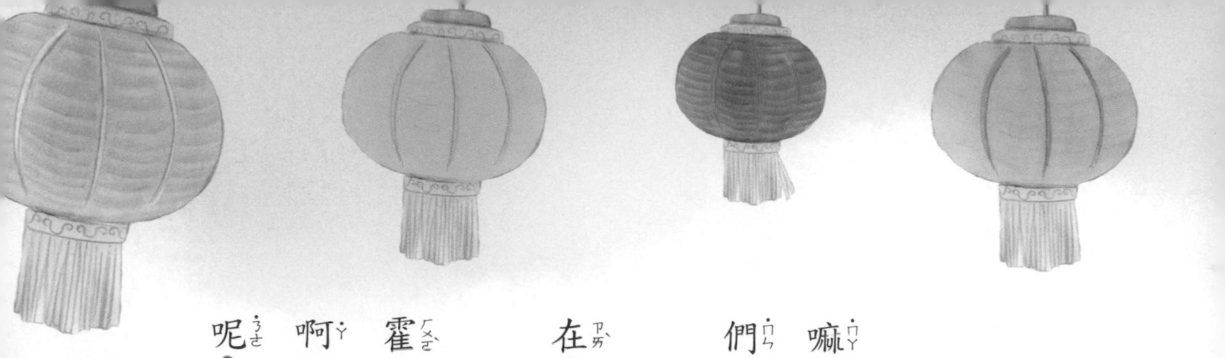

「溫柔啊？全教坊沒人敢說他們比你溫柔。」

「沒錯。」王屋山高興的放下狐狸爺爺。

霍許卻聽出來，狐狸爺爺根本是繞著圈子在罵人嘛！但是王屋山不懂，她得意洋洋的說：「沒人敢說他們比我溫柔。真的，我媽也這麼說呢。」

她說完咧開嘴笑了，拉著顧閎中：「該你說了，你在哪裡見過不是我的王屋山？」

「不是王屋山的王屋山？」

霍許腦海裡閃過一道光，「對啊，如果王屋山不是王屋山呢？」

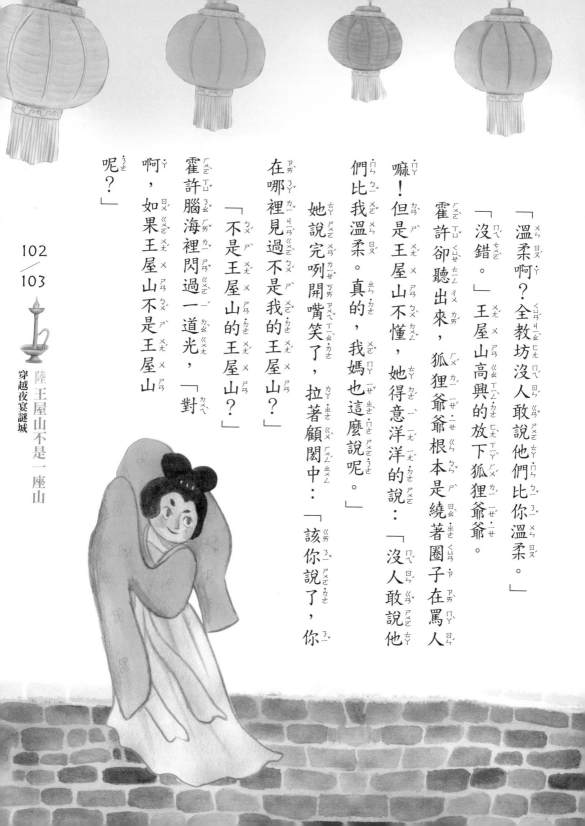

管得到搖搖頭：「天下豈有如此巧合的事，怎麼會有兩個舞者都叫做王屋山？」

霍許解釋：「或許……有人假冒王屋山的名字去跳舞呢？」

管得到還有疑問：「跳舞就為了揚名立萬，讓人知道，她為什麼要假冒？」

眾人安靜了，連王屋山都等著他說話。

霍許想了想：「剛才她說過，教坊的人是不能隨便出外跳舞的，韓熙載不是王宮裡的人，舞者想去他家……」

「只好假冒一個人的名字。」伍珊珊大叫：「真的王屋山在這裡，假的王屋山去跳舞。」

霍許看看大家：「這個假王屋山一定也是教坊的人。」

伍珊珊補充：「只有教坊的才知道王屋山，也只有教坊的舞者，才能跳得那麼好。」

「是教坊舞者，那倒好辦。」

狐狸爺爺帶他們到大廳，伸手一拉，唰的一聲，同時間有九張捲簾落下來。

每張簾子上頭都畫了一位姑娘。

「金陵教坊一級舞者都在這裡，這是請最好的畫師畫的像，保證跟本人有九成像，請看看畫裡有沒有你們想找的姑娘。」

狐狸爺爺說完，王屋山怒氣沖沖跑到最前面，「看看誰是假冒我的狐狸精。」

真正的王屋山的畫像也在上頭，畫像上瞪大了眼，鼓著腮

幫子的樣子，果然跟本人很像。

至於誰是假冒的呢？

現場只有顧閎中見過假冒的王屋山，他走上前，看了一圈。

「怎麼樣？有嗎？」管得到問。

顧閎中點點頭：「咦，她就在上頭，那麼明顯你們看不出來嗎？」

霍許看看伍珊珊，一邊唸：「妖氣很重，妖氣很重。」

他們還在找，王屋山已經推開眾人，帶頭走進練舞廳：「敢用我的名字去跳舞，看我怎麼修理你。」

## 時空穿越機

### 畫院與教坊

畫院是五代兩宋「翰林圖畫院局」的別稱，這是個培養畫家的政府機關。由國家選拔優秀人才，給畫家優渥的薪水，讓他們無憂無慮的創作，這在歷史上不多見。

在中國歷史五千年裡，南唐雖然只有短暫三十多年的國史，然而南唐建立的畫院，卻聚集了一批非常傑出的畫家，像是山水畫大師董源、巨然，花鳥畫名家徐熙，還有我們這本書裡出現的人物畫巨匠顧閎中等人，都對後代產生深遠的影響。

除了繪畫，皇宮想聽音樂、欣賞舞蹈怎麼辦呢？教坊司應運而生。教坊司是管理宮廷中演出的音樂、舞蹈及戲劇的組織，也就是由國家設立一個地方，找來最美麗的女子學習音樂與舞蹈，當宮庭裡舉辦宴會、祭典時，就由他們出場表演。

不過，這些沒什麼好羨慕的，我們現在有電視、電影、手機，想看什麼就有什麼，而且燈光美音響好，說起來，遠比當年皇帝好多了。

▲ 文會圖（局部）

▲ 徐熙 花鳥畫《玉堂富貴圖》（局部）

# 柒 像夜鷺的葉露

光亮寬敞的地板上，有群美麗的姑娘在跳舞。

「一二，一二，轉身。」

「一二，一二，迴旋。」

姑娘們跳到一半，看見他們，突然停了下來。

王屋山想衝過去，卻被狐狸爺爺拉住。

「你們找的人在裡頭嗎？」

那群姑娘穿著翠綠色的長衫，她們的皮膚都很白，個子一樣高，連頭髮盤起來的樣式都一樣。

「是誰啊？」霍許看看伍珊珊，辨認圖像他沒有伍珊珊厲害。

伍珊珊見過〈韓熙載夜宴圖〉裡的「觀舞」，但是要拿來和真人比對，真有點困難。

幸好，顧閎中指著最右邊的姑娘說：「是她，我在韓府畫的就是她。」

「葉露？」狐狸爺爺問。

顧閎中又點了一次頭。

狐狸爺爺拍拍手：「葉露，來一下。」

葉露姑娘的個子高，四肢很瘦，說她像夜鷺也差不多，她一臉疑惑的走過來，「怎麼了？」

狐狸爺爺問：「昨天晚上，你有沒有去過顧大人的畫室？」

「當然沒有啊，昨天我在教坊裡休息，哪裡都沒去。」葉露毫不猶豫的說。

管得到問她：「那你前幾天有去韓熙載大人家跳舞嗎？」

「這位是……」葉露問。

「巡檢司的巡檢大人，他來查案的。」狐狸爺爺答。

葉露想也沒想：「我也沒去過那裡啊。」

顧閎中指著她：「但是我真的見過你，就在韓熙載府裡。」

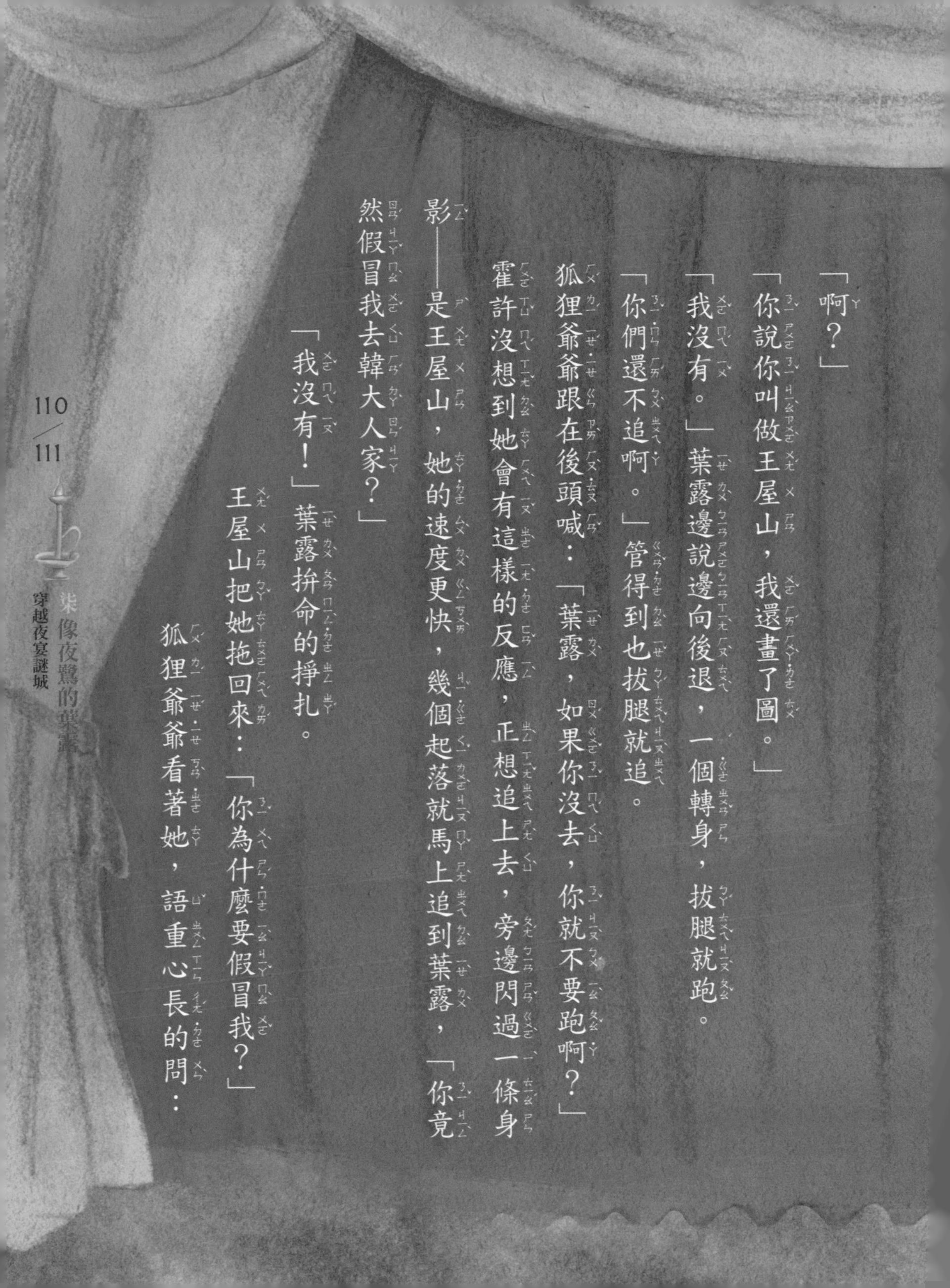

「啊？」

「你說你叫做王屋山，我還畫了圖。」

「我沒有。」葉露邊說邊向後退，一個轉身，拔腿就跑。

「你們還不追啊。」管得到也拔腿就追。

狐狸爺爺跟在後頭喊：「葉露，如果你沒去，你就不要跑啊？」

霍許沒想到她會有這樣的反應，正想追上去，旁邊閃過一條身影——是王屋山，她的速度更快，幾個起落就馬上追到葉露，「你竟然假冒我去韓大人家？」

「我沒有！」葉露拚命的掙扎。

王屋山把她拖回來：「你為什麼要假冒我？」

狐狸爺爺看著她，語重心長的問：

「葉露，你為什麼要假冒她呢？」

「我……」葉露低著頭。

「你說啊！」王屋山氣極了，眼睛瞪得跟老虎一樣大。

「我娘……我娘生病了。」葉露的聲音低低的。

「你娘生病，跟頂著我名字去跳舞有什麼關連？」

「她……她需要錢看病，聽說韓府夜宴需要舞者，出的價錢頗高……」

「所以你假扮我去跳舞？」王屋山眼睛瞪得好大。

「我本來以為不會有什麼事，跳完舞聽其他樂師

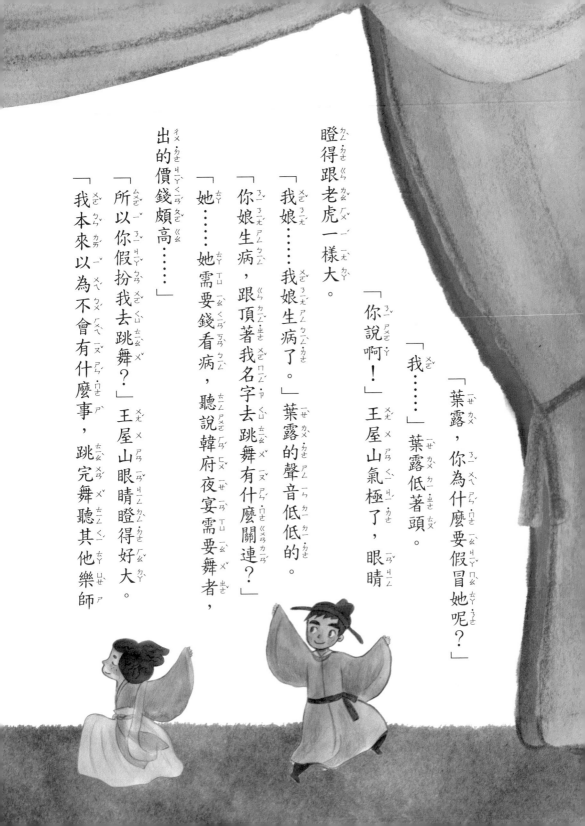

說，原來國主派了顧大人來調查，說會把當晚參加的人全都畫下來……」

這下大家都知道原因了，她在教坊跳舞，原本是不能去賺外快，但因為母親生病了，她必須籌錢，所以只有假冒王屋山的名字前往，這本來也不會有事，直到她知道國主派人來調查。

「那幅畫呢？」管得到緊張的問：「你該不會把畫給燒了吧？」

葉露聽到這兒，嚇得急忙跪到地上，磕著頭，

「大人，我不敢啊，我只想把它藏起來，最好永遠不會被人發現。」

「畫呢？」管得到問。

「請跟我來。」葉露站起來，領著大家往教坊裡走。

長長的走廊，一邊是花園，一邊是各種練習的場所，有人在吊嗓子，有人在玩雜耍。伍珊珊發現，這裡的女生都很漂亮，男生都很帥，「這簡直就像古代模特兒訓練所！霍許，你應該留下來。」

「我啊？我寧願回可能小學。」霍許看一個女孩用雙腳頂一個大水缸，往上一拋又接住：「這太難了，我還是當偵探好。」

葉露的房間空空盪盪，除了床，還有張沒抽屜的化妝桌和櫃

子，管得到衝進去，一把拉開櫃子，把那些衣服丟出來，「那裡沒有，這裡也沒有，難道你把畫藏在床底下？」

管得說找就找，而且動作奇怪，霍許覺得很奇怪，因為管得到一路以來，做什麼事都無精打采——除了現在。

現在他已經走到床邊，趴下去，伸手進床板下找，這一找，還是沒找到，管得到站起來，把床一掀，床翻個身，砰的好大一聲，嚇得伍珊珊連退三步，「你小心一點嘛。」

管得到沒空理她，床下有灰塵，也有些掉落的鈕釦、髮釵，他還仔細把床板再看了一遍，沒有，什麼都沒有。

「你到底把畫藏在哪裡？」管得到問。

葉露還沒說，霍許走到窗邊，探頭看了看，伸手在窗簷上一摸，把一個油布包著的東西拿下來，「這應該就是那幅畫了。」

伍珊珊把油布打開，她驚呼一聲：「哇，把畫藏到窗檯上，誰也猜不透。」

「你……你怎麼知道？」葉露問。

「最危險的地方就是最安全的地方啊，這間屋子空空的，大家都會去檢查唯一的櫃子，如果是我，也會把畫擺在窗戶外，沒有伸手把窗簷摸一摸，誰也不知道。」

「好了，大功告成，我回巡檢司銷案。」管得到把畫拿過去，回頭就走。

狐狸爺爺追上去：「那……那葉露怎麼辦？」

「她是初犯，又對母親孝順，巡檢司原諒

她，這就不追究了。」

「管得到，你就這麼算啦？」霍許追上去。

管得到邊走邊說：「你們如果想把她送官府就送官府，那也可以。」

「但是，你就是『官府』了啊。」霍許越追，越覺得可疑。

管得到來到教坊大門口，跳上驢子，眼看他就要走了，霍許急忙喊了一聲：「管大人，你等等嘛。」

管得到愣了一下，驢子那愛睡的眼睛也盯著他。

「怎麼啦？」

「那幅畫你檢查過了嗎？」

「需要嗎？」管得到遲疑著，「不就是一幅畫。」

「還是小心一點好。」霍許把畫拿過來，轉手交給顧閎中，「請原畫家幫忙看一下吧。如果這是假畫，回去怎麼跟國主交代啊？」

「那倒是真的，還是小心一點好，拿到山寨貨就不好了。」

伍珊珊幫著把圖打開，畫打開，韓熙載坐在一張大床上，靜靜聆聽一位樂師彈琵琶。

那是〈韓熙載夜宴圖〉的第一部分——聽樂，能這麼近距離觀看原畫，而且有原畫者在旁邊，那是伍珊珊做夢都不敢想過的情形。

不過，她只看了一小部分，顧閎中就把畫重新捲起來，「沒錯，這真是我畫的。」

管得到伸手想接畫，「真是多此一舉，圖可以拿來了吧？」

「那可不行，」霍許在中途把畫接走，「這一切太可疑了。」

「顧大人親自檢查過了，不可疑。」管得到說。

「但是你很可疑。」霍許問：「你不是在巡檢司工作嗎？怎麼會從城外往城裡走？而且，顧大人家一報案，你馬上就到，真是太可疑了！而且你一下子就知道這裡是掉了一幅畫……」

「我本來在城外值班，一聽到消息就趕回來，不行嗎？」

「堂堂的巡檢大人出門沒隨從，可不可疑？」管得到想解釋，狐狸爺爺搶著說：「可疑，我從沒見過大人辦案不帶下人。」

「我這人謙虛嘛，畫還給我。」管得到把腰刀拔下來，嚇得王屋山和葉露尖叫連連。

霍許退了一步，把畫抓得緊緊的，「第三個可疑點是，如果你是欽差大人來辦案，為什麼不抓犯人，卻拿了圖就走？」

所有的人大叫：「真的好可疑。」

唰的一聲，管得到的腰刀在空中一劃，「讓你們知道老子是誰也不怕，老子就從北

地來，行不改名坐不改姓，老子姓查，名翻天。」

「查翻天？」伍珊珊問。

「你是北地來的人？」顧閎中問：「這幅畫裡，有北地派來的探子嗎？」

查翻天點了點頭：「不怕你知道，我的手下早就埋伏在韓熙載身邊。」

「若是這張圖送進宮會怎樣？」

「我辛苦布下的大宋探子網，會一夕瓦解！」

「你就是昨晚的蒙面人。」葉露在旁邊大叫一聲。

「若不是你這小娘們來壞事，我昨天早就把畫拿走了啊。」查翻天拿著刀，朝著霍許衝了過來。

## 時空穿越機

### 夜宴圖裡的樂器和工具

畫裡有好多種樂器，韓熙載敲擊的是「羯鼓」，那是來自西北民族的樂器，用公羊皮做鼓皮，鼓身用木板圍成桶狀，下面用床架承放。羯鼓的聲音急促、激烈、響亮，適合演奏急快節奏的曲目，也可以在戰場上用於戰鼓助威。

「拍板」在《韓熙載夜宴圖》裡共出現了四次，由此可知，那是當時很重要的伴奏樂器。它簡稱為板，因為用檀木製作，所以也叫「檀板」。拍板由六到九片木板組成，用繩子連接，演奏時讓木片相互碰撞發聲。

《韓熙載夜宴圖》裡，有個五人小樂團的演出，你注意到了嗎？這個樂團只用了兩種樂器：一種是橫笛，本來是西域羌族的樂哭，於漢武帝時傳入中國，有六個吹孔和一個膜孔；另一種是篳篥，它的音色深沉、悲涼，傳達出來的樂曲如泣如訴。畫裡面三個吹篳篥的女子，三人的指法並不相同，顯示這場宴會吹奏曲目有多繁複了。

此外，內行看門道，外行看熱鬧，我們看這幅畫時，還可以從很多小地方去認識它。

這幅畫分五段，畫家使用屏風區分每一個段落。屏

▲ 篳篥

▲ 橫笛

風是古代屋舍中常見的家具。在夜宴圖裡的屏風，上頭畫的圖是南宋後才有的。人們因此推敲：這幅畫是宋朝人臨摹的，另一個證明是家具，唐朝以前的人席地而坐，南唐時代的人有椅子了，但椅腳多半比較矮，像凳子。《韓熙載夜宴圖》裡桌椅線條都很簡單，看起來比較接近宋代的家具。

古代沒有電燈，中國畫也沒有特別把畫弄得暗暗的，那怎麼知道這是晚上呢？或許你已經發現了，在畫裡有根蠟燭，畫家藉著熊熊的燭火，把我們帶進這場夜宴的氛圍，你感受到了嗎？

▲ 屏風

▲ 羯鼓

▲ 拍板

# 捌 籠子裡的鑰匙

「把圖給我！」查翻天喊。

顧閎中連忙擋著他，朝霍許喊：「千萬別給他！」

「放手。」

「不放。」

查翻天一刀砍在顧大人的腿上，顧大人慘叫一聲，跌到地上。

趁那空檔，霍許轉身就跑，伍珊珊跟在霍許後頭，邊跑邊把能找到的東西丟向查翻天。

一個花瓶。

一個筆筒。

一塊磚頭！

咚！砸中查翻天額頭，鮮血淋漓。

「好小子，啊，不是，是不好，死丫頭……有種別跑。」查翻天氣得哇哇叫。

「我偏要跑。」看到他手裡的刀，不跑的人是傻瓜。

教坊好大，長廊連綿不絕，偶爾看見的人，不管男女，二話不說，立刻退回房裡關門關窗。

「救命啊。」霍許沿路喊著，他喊得聲嘶力竭，卻沒人出來救救他。

再往前，就是一條死巷了，兩旁高牆，霍許想退出去，但查翻天已經堵在巷口：「把圖交出來，查大爺保證不傷你們一根寒毛。」

伍珊珊抱了一個花瓶擋在霍許前面，左右邊各有一扇門，霍許試著推動左邊的門，推不開。

「交出來。」查翻天又前進一步。

「你再過來，我用……我用它砸你。」伍珊

珊邊說邊退，一隻手想開右邊的門，那門卻鎖住了。

「我來。」霍許用腿一踹，門有點鬆動，「有希望。」

一聽有希望，伍珊珊也趕來幫忙。

「你們快停下來，把圖交出來。」

查翻天追來，大刀一揮，那扇門也同時打開了，大刀揮了個空！他們轉身合力把門關上，上鎖。

查翻天在外頭拍門：「開門、開門，再不開，我把門劈開，看你們怎麼辦。」

他嘴上才剛這麼說，就馬上這麼做。

大刀劈著門板的聲音讓人心驚，那扇門雖然厚，

但照這麼劈下去……

「如果他夠聰明，應該繞路找另一個門更快。」伍珊珊說，霍許急忙把她嘴給摀著：「就是他太呆，我們才能逃進來啊！」

「那你快想想辦法啊！」

霍許看看四周，這屋子好像是間書房，兩邊有書架，上頭擺滿了書，他拉了拉另一邊的那扇門，發現門被人從外頭鎖住了，上頭的鑰匙孔竟然有兩個，一上一下。

他把眼睛湊過去，咦？

「怎麼可能呢？」他不相信，又看了一次，「伍珊珊，你快來看。」

鑰匙孔外有片綠色的草地，陽光普照。

但是，他們跑進長巷時，明明烏雲聚攏，還飄著細雨，可是鑰匙孔另一邊……

霍許揉揉眼睛：「那片草地看起來好熟悉。」

「熟悉？」伍珊珊湊過去，「全世界的草地都長得一樣！」

「不，我敢保證，」霍許像在宣布一個祕密，「那裡是可能小學。」

可能小學出現在鑰匙孔的另一邊？

霍許非常肯定，他曾在那片草地上跑過、走過、躺過，他甚至和同學在那片草地上打滾過。天下的草地那麼多，只有可能小學的草地才會軟得讓人想躺上去。

「既然這樣，你還在等什麼呢？」伍珊珊大叫，查翻天好像隨時要衝進來了。

「等等，馬上，我立刻就把它……」霍許想馬上把它打開，然而，那門卻像鐵鑄的一樣，無論他使出多大力氣，門動也不動。

查翻天的聲音適時的在另一頭響起：「等查大爺

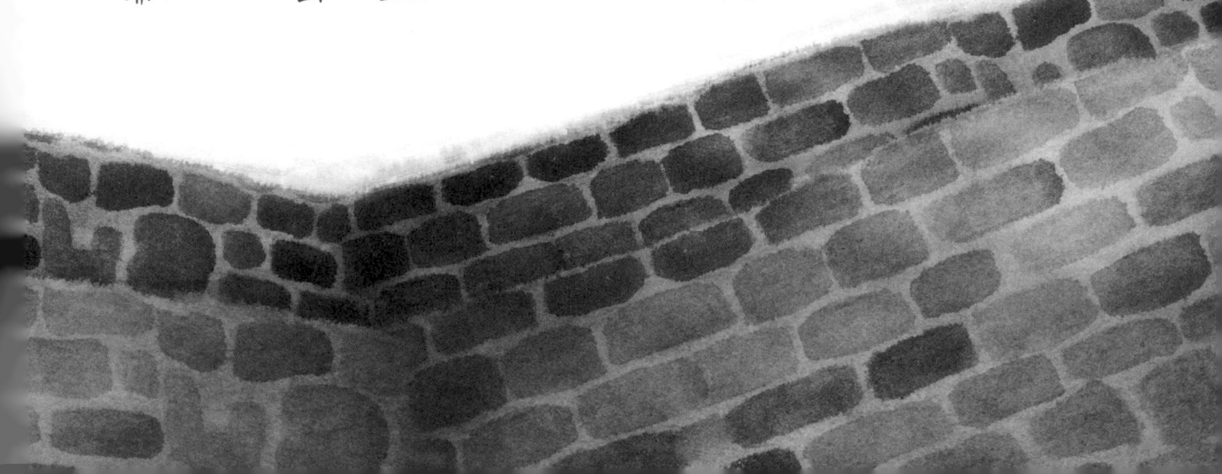

劈開這道門，看你們能逃到哪裡去呢？」

鏘！鏘！鏘！

大刀砍在門上的聲音，讓人心驚膽跳。

「別急，別急。」霍許深呼吸，彈了彈手指，遇到難解的問題，這能讓他沉澱心情。

他蹲下來，仔細看看那兩個鑰匙孔，咦，鑰匙孔旁有人用刀刻了兩個圖案：

上頭的圖，是一個籠子，裡頭關了一隻鳥。

下面的圖也有籠子，不過裡面放了一頂帽子。

帽子有一串串垂下來的珠珠，看起來像皇冠。

霍許的手指輕快彈了兩下：「上面這個關起來的鳥，就像一個字，那個皇冠……皇帝、國王……，難道是國嗎？古代的國字裡面關的就是個王字。」

「鳳國？」伍珊珊猜，「不對，那是凰字，第二個是被關起來的皇上，所以這兩個圖是鳳凰！」

霍許看看四周後說：「這裡像不像一間密室，我們必須找出兩把有鳳凰圖案的鑰匙。」

「又要找鑰匙？」

「難道你想待在這裡等查翻天闖進來嗎？」

「鑰匙會不會在圖上？我們去西周時，鑰匙在掃把柄上。」伍珊珊打開〈韓熙載夜宴圖〉，「可是這裡面什麼都沒有。」

「別急別急，密室裡一定有線索。」

霍許站起來，雖然外頭有查翻天在瘋狂砍門的聲音，但這裡……

兩邊牆上有書架，每一個書架有五層，最頂層的書都疊到了天花板，霍許取了一本下來看，是李白詩選。

「你還在看書，查翻天把門劈出一條縫了。」

伍珊珊喊著。

「鑰匙一定在這些書裡。」霍許說。

「這裡幾千本書，要怎麼找？」伍珊珊大叫。

「要逃脫密室，就要找出線索。」

霍許的手指在書架上逡巡。

右邊書架全是詩和詞，李白的、杜甫的、王維的……，「王維嗎？他姓王。」可惜，王維的書裡也沒有鑰匙，「不知道有沒有皇帝寫詩的，圖案上刻的是皇冠。」

伍珊珊記得：「清朝的乾隆皇帝寫詩，寫了四萬首

詩；明朝的朱元璋寫詩，但他們的年代比南唐晚，還有一個是南唐的李煜李後主，他寫詞。」

霍許找得快：「沒有什麼書上寫李煜或李後主，倒是有一本……聖主詞選。」

這本書，厚厚的，入手就覺得沉，霍許打開書，書裡的正中間被人挖空了，放了一把古銅色的鑰匙。

「快，去另一邊找第二把！」伍珊珊跳起來跑到左邊，搖搖頭：「《諸郡物產土俗記》、《區宇圖志》與《諸州圖經集》這裡的書不是詩，好像都跟科學有關係。」伍珊珊揚揚手裡的書，「《金陵稀獸錄》，裡面沒鑰匙。」

「線索、線索，我們要找鳳，鳳是一種鳥。」

霍許剛說到這兒，後頭傳來一聲歡呼：「哈哈，小鬼，我看到你們啦。」

堅固的門現在有一道巴掌寬的裂縫，查翻天的身體都快要能鑽進來了。

霍許指揮著，「不是地圖，不是天文學，要跟鳥有關的書。」

伍珊珊急：「《肘後備急方》、《太初曆》是醫書、《太初曆》、《皇極歷》應該是天文學，《山海經》和《淮南子》是神話故事，沒有什麼鳳凰的書。」

「等等，」霍許喊：「你剛剛說什麼？」

「我說……我說《肘後備急方》、《太初曆》是

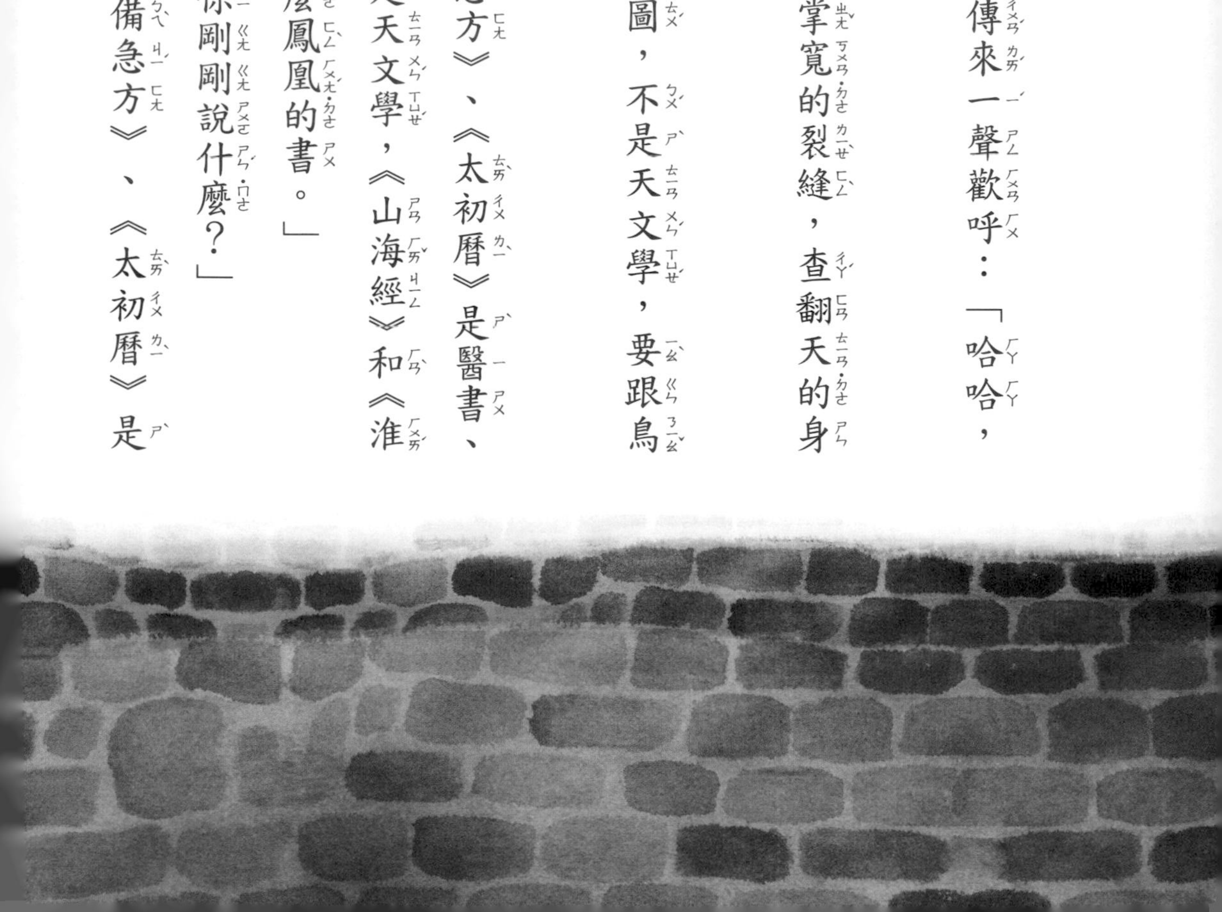

醫書、《太初曆》、《皇極歷》應該是天文學，《山海經》和《淮南子》是神話故事，沒有鳥的書。」

「神話故事，神話故事，『鳳凰』是神話才會出現的動物。」

不等霍許說完，伍珊珊急著打開《山海經》，歡呼著拿出另一把鑰匙。

「別走！」查翻天的半邊身子擠進來了，「看你們往哪裡逃。」

「伍珊珊，快啊。」霍許和她一人一把鑰匙，把那兩把鑰匙一插進孔裡，他們同時感覺到細微的電流由孔裡流竄而來，鑰匙一扭……

「哈，再跑啊。」查翻天已經跳進門裡了，他的刀揮過來時，霍許和伍珊珊也把門拉開了——不，門是被風推開的。

強烈的風吹進來，書架被吹倒了，書飛起來了，伍珊珊也飛起來了，旁邊有隻手拉著她，那是霍許，他抓著門框不放。

「抓住我。」霍許大叫：「我們要回去了。」

「小鬼，別跑……」查翻天被風吹到了天花板。

呼嘯的風，閃爍的強光，一直到很久很久以後，他們身上的微弱麻癢才消失。

伍珊珊睜開眼睛，是金色的陽光，熟悉的草地，

「我們回來了。」

# 玖 比亂扯還扯的故事

霍許發現，他們還在可能博物館的密室裡。窗外是可能小學的草地，金色的夕陽就灑落在草地上，好多人在上面奔跑。

伍珊珊推了門，門無聲的開了。

「不必用鑰匙？」他嚇了一跳。

「因為你們兩個的動作最慢啊。」機關王打個哈欠，「所有的闖關活動都結束了，大家早就回來了，奇怪，這麼簡單的密室，為什麼你們每次都玩那麼久？」

「因為我們回到南唐了啊。」伍珊珊興奮的說：「老師，你一定不相信，我們遇到顧閎中，就畫〈韓熙載夜宴圖〉的那個畫家，他的畫丟了。」

「顧閎中？」機關王搖了搖頭。

「當然可能。」兩個孩子異口同聲的說：「在可能小學裡，沒有不可能的事啊。」

「南唐？穿越？你們是不是故事看太多了？」機關王搖搖頭：「大家都說我做的機關很扯，但是，你們說的故事，比我的機關還要扯。」

霍許很想證明自己的遭遇，他想到：「珊珊，〈韓熙載夜宴圖〉呢，我剛剛交給你保管的啊。」

機關王猛搖頭：「〈韓熙載夜宴圖〉？那更不可能。」

「伍珊珊，快把圖給老師看啊！」

霍許催著，老師看著，伍珊珊看看自己，她手上沒有那幅圖，但是掉哪兒了？

「我本來抱了一個花瓶，」伍珊珊一步步往回推想，「你又把圖交給我。」

「所以圖呢？」

「我們跑進密室，查翻天追來了，你要我幫你找鑰匙。」

「然後……」

伍珊珊大叫：「我把花瓶放下，把圖塞進花瓶裡……」

「那花瓶呢？」

「花瓶呢？」

「沒帶回來？」霍許大叫。

伍珊珊點了點頭。

機關王搖了搖頭，「所以沒有什麼花瓶，也沒有夜宴圖，又在做白日夢了，還是兩人同時做一樣的夢，真是……」

「老師，我們真的去過南唐。」他們兩人大叫。

「最好是啦。」機關王笑了笑，眼睛瞇了起來，細細長長，

那樣子就像……

「狐狸爺爺？」

「什麼狐狸爺爺？人怎麼會像狐狸呢？」機關王轉身，走向夕陽西下的可能大草原。

「我們真的回到南唐。」

「還看到畫〈韓熙載夜宴圖〉的畫家。」

他們一路嘰嘰喳喳。

偶爾聽到機關王問：「那圖呢？」

「沒拿回來。」

「那就不算啊……」

「我們真的回到南唐了，是真的。」

「還看到畫〈韓熙載夜宴圖〉的畫家。」

「沒拿圖回來？」

「沒有……但是你要相信我們啊，我們真的回到……」

不知道這個迴圈式的問答要問多久？

但這裡是可能小學啊，別忘了，在可能小學裡，沒有不可能的事啊。

# 可能的真相會客室：一座王府換一幅圖

：可能真相大公開……

：公開國寶大真相。

：或許你已經讀完可能小學這一篇故事了……

：但你知道國寶背後的祕密嗎？

：有請今天的真相嘉賓——

（掌聲中，從幕後跳出一串佛珠精靈，它低著頭，不說話。）

：我們邀請來的來賓越來越神奇了。

：長相不凡的精靈，都有不凡的經歷，一串珠，你可以跟大家

自我介紹一下嗎？

（一串珠低著頭。）

：嗯，人家就是一串珠嘛，就是在《韓熙載夜宴圖》裡的一串佛珠。

## 不斷易主的夜宴圖

：聽說這幅畫是張情報圖？

：好像是吧。

：是李後主去調查韓熙載？

：應該是啦。

：你不能說得這麼模糊啊，你來這裡就是要跟大家講講這幅畫

裡的真相啊。

：真相啊？

：你別害羞，把這裡當成你家的客廳。

：我家沒客廳。

：當成我們在聊天。

：我不會聊天！

：例如這幅畫畫好之後……

：我們就四處跑來跑去啊，有時在皇宮，有時在古玩店，後來
好像還曾經去過年大將軍的家。

：年大將軍？

：是清朝的年羹堯將軍嗎？

：應該是，他家裡被皇帝抄了，所以我們又進了皇宮，有個皇帝特別愛我們，成天把我們拿出來看，然後就……然後就……

：怎麼啦？

：那個皇帝很奇怪，沒事就拿著印章在我們身上蓋來蓋去，人家覺得癢，叫他停下來，他也不聽。

（伍珊珊用力拍著手。）

：愛蓋印章的皇帝，那一定是乾隆，一串珠，你別跟他計較，這皇帝就愛蓋印章，還會在畫上四處題字呢。

：對，我的身上也被他寫了字，這叫人家怎麼見人嘛。

：你別急嘛，被乾隆寫過字的畫有很多，而且這表示這件作品很好。

（一串珠鬆了一口氣，放心的樣子。）

：真的嗎？這表示我很棒嗎？難怪後來，我們又被一個小皇帝帶出宮。

：小皇帝？

：好像是什麼最後……什麼末代的帝王，哎呀，皇帝這麼多，人家哪搞得懂呢。

：一定是清朝最後一個皇帝溥儀，二次大戰時，日本人要他成立「偽滿州國」，聽說溥儀把故宮裡的國寶偷帶出宮，二戰結束，偽滿州國的文物全流落街頭。

## 流落街頭的夜宴圖

：好像是他！那幾年我們在不同的商人手上轉來轉去的，從這家轉到那家，直到有個大鬍子畫家把我們買下來。

：大鬍子畫家？

：對啊，他姓張，張什麼簽，是竹簽還是鐵簽……

：張鐵簽？張竹籤？

：都不對！應該是張大千，他真的是個大畫家。

：就是他，聽說他本來要買一間大房子，總共要五百兩黃金，他去看了房子，很滿意，先付了訂金。

（伍珊珊拿出手機，不斷的上網搜尋資料，又用計算機計算行情。）

：依照今天銀行公告的行情，一錢黃金四千五，一兩是十錢，所以是四萬五，四萬五再乘五百那就是……

：兩千兩百五十萬元，哇，什麼屋子這麼貴啊？

：一個清朝王爺的家。

：哇，一座王府，五百兩黃金，太誇張了。

（一串珠急著解釋。）

：這才不誇張呢，因為那一天有人告訴他，《韓熙載夜宴圖》也要賣五百兩黃金。

：哇！一張畫五百兩黃金。

：如果是我，當然要留畫。

：不，還是房子值錢。

：畫是無價之寶。

：房子卻會無限增值。

：一串珠，你倒是說說話啊，究竟張大千的選擇是什麼？

（一串珠把頭微微朝向伍珊珊。）

：真的是畫？

（一串珠一臉嬌羞的樣子。）

：因為張大千說，房子以後還有機會買，但這張圖如果現在沒買，以後就不會再遇到它了。我記得，他還特別刻了一枚「東南西北，只有相隨無別離」的印章。

：真是個狂人，為了一幅畫，跟它永不分離。

：不對啊，我爸爸說過，張大千後來搬到了南美洲，如果他跟

畫永不分離，《韓熙載夜宴圖》怎麼會在北京的故宮博物館裡呢？

：後來，他要搬家了，資金不足，不得不出售自己珍藏的字畫，他怕這幅畫被外國人買走，所以決定把畫留在大陸，避免讓這件國寶流落海外。

：所以，一直到現在，《韓熙載夜宴圖》就留在北京的故宮博物院？

：嗯……

：那一定很多人想看你囉？

：人家實在不喜歡拋頭露臉的。

：相信經過今天的直播節目，一定有更多人認識《韓熙載夜宴

圖》，也更認識你了。

：直播？

：是啊，是電視直播啊。

（一串珠大聲尖叫。）

：天啊！你們剛才不是說這只是聊天？

：我是說請你把這裡當成客廳，把錄影當成聊天！

（一串珠突然拉高音量，講話急促，快要生氣的樣子。）

：不行，不行，刪掉，刪掉，我不要錄影了，我要回去了，不能播，不能播……

：你冷靜一下嘛。

：你不要生氣啊。

（在霍許和伍珊珊兩人的勸告聲中，一串珠怒氣沖沖「滾」出攝影棚，留下錯愕的兩個主持人。）

：他真的生氣了？

：或許他真的不知道我們在錄影嗎？

：也許他是害怕粉絲太多。

：或許下次發邀請卡時，一定要慎重、一定要講清楚我們是現場直播喔。

：好啦，我記下來了，可能真相大公開，咱們下回見。

：拜拜！

# 絶對可能任務

任務1　左邊這張韓熙載夜宴圖上有一些不應該出現的東西，你能找出來嗎？

## 任務2

霍許和伍珊珊一起完成了機關王的任務，成為好朋友，分享彼此的祕密。你知道伍珊珊想要告訴霍許什麼事情嗎？你能不能也用他們的密碼，跟你的朋友分享祕密呢？

| | | | | |
|---|---|---|---|---|
| ㄕ | ㄕ | ㄏ | ㄑ | ㄉ |
| ㄒ | ㄘ | ㄉ | ㄎ | ㄋ |
| ㄒ | ㄒ | ㄇ | ㄕ | ㄊ |
| ㄊ | ㄏ | ㄉ | ㄛ | ！ |

## 絕對可能任務參考答案：

任務一：

任務二：珊珊好期待下次的可能小學密室逃脫活動喔！
（利用每個字的聲母，你也可以設計出霍許跟伍珊珊的密碼喔！）

作者的話

# 當白菜還是白菜的時候

每次上社會課時，比較煩惱的是：很多背景知識無法帶孩子實地去看。例如教唐朝唐太宗，該怎樣讓孩子們進入盛唐呢？

進博物館是個好方法。

我曾在湖北博物館見過越王勾踐的劍，沒錯，就是「臥薪嘗膽」的勾踐。也曾在西安的兵馬俑博物館看過秦始皇的地下軍隊，那統一六國的威攝景象。更多的是，在故宮。臺北故宮的國寶，樣樣是精品。

例如帶小朋友去看毛公鼎，看完了，再回到教室細讀鼎裡銘文，一個距我們遙遠的朝代，就在不知不覺裡翩然而至。

於是，西周就和孩子有了連結。

講起烽火戲諸侯的周幽王，講起春秋戰國的歷史，感覺就近了。

故宮有兩個，建築在北京，精品在臺灣，我們何其有幸，能這麼近距離的去感受歷史的溫度，於是，起心動念——這次就讓國寶來可能小學上課吧。

我寫毛公鼎，那是銅器時代，一個金光閃耀的朝代，外有玁狁虎視眈眈，內有帝王花天酒地，臨危授命的毛公，如何重振西周？

蘭亭集序大家耳熟能詳，有機會，進故宮去看看它，那是多美好的書法，多歡暢的文字，王羲之活得瀟灑自然，如果有幸讓可能小學帶孩子重回那年春天，會有什麼火花呢？

北京有幅韓熙載夜宴圖，有人說它內藏機密，事關北宋與南唐間的衝突。南唐李後主是千古詞帝，一幅畫竟然能牽連那一段歷史，這場千年前的夜宴，也在這回的可能小學裡。

前三本故事，有青銅器、有書法，有圖畫。

最後一本呢？

我決定寫敦煌。

還記得西元 1900 年嗎？那一年，老佛爺逃離北京城，就是在那一年，道士王圓籙遇見了外國來的斯坦因，他把無意間發現的萬卷經文，幾乎大半賣給了斯坦因。

而現在的敦煌極力的保護這片佛窟，限制遊客一天只能觀看幾座洞窟。

這片歷經千年不斷開鑿、雕塑、描繪的佛教聖地，在 1900 年卻被黃沙半掩——若不是王道士，沒人會注意敦煌；若不是王道士，經文不會被賣到海外。然而若能回到了一千年前的敦煌呢？可能小學的孩子又會遇到什麼事情？

這幾個景點我曾到訪。

每次去旅行前我會先讀書，不想當個只聽導遊講解的遊客，自己是要先做功課的。因為做過功課，到了當地那種感受是完全不同的，走在敦煌莫高窟的每一步，彷彿都會有個畫師、塑匠隨時跳出來，走進洞子裡，看著滿窟、滿洞子的創作，會有滿滿的感動。

回到家，我會再把書細讀，這回再看書，又是不同的體會，因為它們已經進入我的心裡，和我的生命產生了連結。

讀萬卷書不如行萬里路，若能讀書加行旅，我們的生命就更有縱度與廣度。

這套可能小學，適合給孩子做社會科的延伸，適合給孩子做進故宮前的準備。

因為，當孩子讀完它之後，毛公鼎就不只是個呆呆的鼎，而翠玉白菜也不會只是一顆不能吃的大白菜了。

它已經成為孩子生命裡的一段連結，再也分不開了。

可能小學的藝術國寶任務：

# 穿越夜宴謎城

作　　者｜王文華
繪　　者｜25度

責任編輯｜楊琇珊
美術設計｜也是文創有限公司
行銷企劃｜葉怡伶

發行人｜殷允芃
創辦人兼執行長｜何琦瑜
副總經理｜林彥傑
總監｜林欣靜
版權專員｜何晨瑋、黃微真

出版者｜親子天下股份有限公司
地址｜台北市104建國北路一段96號4樓
電話｜（02）2509-2800　傳真｜（02）2509-2462
網址｜ www.parenting.com.tw
讀者服務專線｜（02）2662-0332　週一～週五：09:00~17:30
讀者服務傳真｜（02）2662-6048
客服信箱｜ bill@cw.com.tw
法律顧問｜台英國際商務法律事務所 ・ 羅明通律師
製版印刷｜中原造像股份有限公司
總經銷｜大和圖書有限公司　電話（02）8990-2588

出版日期｜ 2019年 7 月第一版第一次印行
　　　　　 2021年 3 月第一版第三次印行
定　　價｜ 280元
書　　號｜ BKKCE027P
ISBN ｜ 978-957-503-446-7(平裝)



國家圖書館出版品預行編目資料

穿越夜宴謎城 / 王文華文；25度圖. -- 第一版. -- 臺北市：親子天下，2019.07
168面；17 X 22公分
ISBN 978-957-503-446-7 (平裝)

863.59　　108009449

圖片出處｜
p.32 by Wikimedia Commons, Public Domain
p.47 by unknown, 清宮殿殿藏畫本 北京故宮博物館出版社 1994 via Wikimedia Commons, Public Domain
p.73 by unknown via Wikimedia Commons, Public Domain
p.106（左）by 宋徽宗 文會圖：國立故宮博物院／故-畫-000836-00000
p.106（右）by Xü Xi via Wikimedia Commons, Public Domain